BUCH&media

Der junge Konrad Thesos ist stolz auf sein erstes Eigenheim und freut sich auf einen neuen Lebensabschnitt. Doch die Freude währt nur kurz. Denn in dem einsam gelegenen Dorf, in das er gezogen ist und in dem er niemanden kennt, passieren merkwürdige Dinge. So wollen die Dorfbewohner sich um den »fehlenden Strom« in Thesos' Haus kümmern – obwohl das Licht dort einwandfrei funktioniert. Dass es sich bei diesem »Strom« um eine perfide Erfindung der »Gemeinschaft der Fallensteller« handelt, ahnt Thesos da noch nicht. Als ihm das ganze Ausmaß an undurchdringlichen und unvorhersehbaren Riten dieser Gruppierung deutlich wird, ist es fast schon zu spät …

Eine Parabel über das Böse, die die Realität als absurdes Fallen-Stell-Werk demaskiert.

Sascha Heeren, 1981 in Bremerhaven geboren, lebt in Schleswig Holstein. »Fallensteller« ist sein erster Roman.

Sascha Heeren

Fallensteller

Roman

BUCH&media

Weitere Informationen über den Verlag und sein Programm unter
www.buchmedia.de

Bibliografische Information der Deutschen Nationalbibliothek:

Die Deutsche Nationalbibliothek verzeichnet diese Publikation in der
Deutschen Nationalbibliografie; detaillierte bibliografische Daten sind
im Internet über < http://dnb.d-nb.de > abrufbar.

Oktober 2008
© 2008 Buch&media GmbH, München
Umschlaggestaltung: Kay Fretwurst, Freienbrink
Herstellung: Books on Demand GmbH, Norderstedt
Printed in Germany · ISBN 978-3-86520-337-3

Inhalt

sTroM

Da kann man Sie ja nur beglückwünschen«, begrüßte Brauer den stolzen Eigenheimbesitzer Thesos. »Dieses Haus ist eine echt solide Entscheidung. Also, alles Gute im neuen Heim.«

»Besten Dank erst mal für alles«, antwortete Thesos.

Brauers Tochter wartete in einigem Abstand auf dem Bürgersteig. Thesos schätzte sie auf zwanzig.

»Kann ich schon mal zum Auto gehen?«, fragte sie mit nervigem Unterton.

Brauers Blick war noch immer unerschütterlich auf die Immobilie geheftet.

»Schatz, wir sind gleich so weit!«

»Aber ich kann doch schon mal zum Auto gehen und dort warten!«

»Nein, wir gehen gleich zusammen, mein Schatz«, entschied Brauer, der Thesos' Rechte immer noch mit eisernem Griff umschloss.

Endlich zog Brauer seine Hand zurück.

»Ich glaube, wir haben jetzt alles«, sagte er. »Die Papiere sind soweit erstmal fertig: Tja, die Schlüssel haben Sie bereits ... Also, wie gesagt, alles Gute im neuen Heim, Herr Thesos!«

Erneut fuhr Brauer seine Rechte aus, um seinem Gegenüber die Hand zu schütteln und ihn unbemerkt zu sich heranzuziehen und ihn völlig unerwartet zu umarmen und auf jeder Wange einen Kuss anzudeuten.

»Wir hören voneinander!«

Endlich wandte er sich ab und forderte seine Tochter im Vorübergehen auf:

»Los, verabschiede Dich!«

Sie tippelte auf Thesos zu, drückte ihren nicht unbeachtlichen Busen an seinen Bauch, tupfte ihre Lippen auf seine beiden Wangen und tippelte zurück.

Thesos stand allein vor seinem verzinkten Zaun, der Haus und Vorgarten von dem Bürgersteig mit angrenzender Straße trennte. Der Vorgarten schien sehr schmal und maß allerhöchstens nur die doppelte Breite des Bürgersteiges und war in drei schmalere Bereiche eingeteilt. Direkt an der Hauswand entfaltete sich ein übersichtlich bestücktes, jedoch verhältnismäßig gepflegtes Blumenbeet, an dem ein einfach gepflasterter Weg vorbeiführte, gerade so breit, dass dort eine Person problemlos gehen konnte, und nach diesem Weg kam wieder ein Beet, ein wenig breiter, dafür allerdings auch ungepflegter, in dem beschnittene Rosen wuchsen.

Sein neues Haus war älteren Baujahres und Teil einer offensichtlich gleichaltrigen Siedlung. Thesos vermutete, dass die Außenwand seines Hauses früher heller gewesen sein musste. Er konnte sich jedenfalls nicht daran erinnern, dass Mausgrau schon einmal eine Modefarbe war oder Haarrisse im Putz formidablen Geniestreichen göttlicher Stuckateure zu verdanken waren.

Die Haustür musste schon einmal ausgetauscht worden sein. Die jetzige war eine Sicherheitstür, also sehr stabil und einbruchresistent, so sah sie zumindest aus, womit sie auch optisch den alten Mauern Stabilität verlieh. Man sagte ihm, dass es in dieser Gegend üblich sei, Sicherheitstüren zu verwenden, auch wenn keine Einbruchsvorfälle dabei im Hintergrund standen, denn die Kosten seien im Vergleich zu einer Standardtür kaum erwähnenswert. Auch die Fenster waren erneuert worden und erstrahlten im gleichen dunkelbraunen Lack wie seine Eingangstür, was der Hausfront einen harmonischen Gesamteindruck verlieh.

Er ging durch die Gartentür und fingerte auf der dritten Eingangsstufe aus seinen tiefen Hosentaschen den ersten Schlüssel raus, um Sekunden später auch den zweiten, kleineren, aber ebenso bedeutsamen rauszufischen. Dann steckte er den größeren Schlüssel ins Schloss, den kleineren hingegen in ein unscheinbares Schloss, welches unten an der Tür mittig über der obersten Stufe einlud. Der Trick hierbei war, so hatte es ihm zumindest Brauer beschrieben, dass beide Schlüssel gleichzeitig betätigt werden mussten, um die Eingangstür zu öffnen. Es stellte sich nun allerdings heraus, dass dieser Akt sehr gewöhnungsbedürftig war, denn als Thesos mit voller Spannweite seiner Arme und schräg nach unten geneigtem Kopf die beiden Schlüssel drehen wollte, folgte ihm nur einer, der andere drehte sich keinen Millimeter. Nach kurzem Rumgeruckel und einigen Neustarts hatte er dann aber endlich den Trick heraus. Eigentlich war es ganz einfach, man musste nur wissen, wie. Thesos drehte die Schlüssel in die jeweils entgegengesetzte Richtung, in die dann auch beide folgten, während er die Tür noch zusätzlich an den Rahmen heranzog, wozu man dann gerade mit zwei Daumen und den dazugehörigen Zeigefingern erheblichen Kraftaufwand betreiben musste, um genügend Zugkraft zu entwickeln. Konrad Thesos hatte sie jedenfalls und öffnete die Tür.

Es tat sich ein kleiner, quadratischer Flur auf, der drei weitere Türen leichterer Bauart und eine Holztreppe, welche sowohl in die obere Etage als auch in den Keller führte, vereinte. Zuerst kam links der Treppenaufgang, danach folgte weiter auf der linken Seite die Kellertür, welche die Treppe damit in zwei Bereiche unterteilte, einen offenen und einen geschlossenen. Geradeaus führte eine baugleiche Holztür in die Küche, und ebenso führte eine solche Tür auf der rechten Seite in das Wohnzimmer. Konrad Thesos stand nun mit dem Rücken zur Sicherheitstür. Er kannte zwar dieses Haus bereits, aber trotzdem musste er noch kurz überlegen, denn er war sich nicht mehr ganz sicher, wo nun die Türen um ihn herum hinführten, doch es dauerte auch nicht wirklich lange, und er ergriff zielstrebig die Klinke der Küchentür und wollte sie gerade nach unten drücken und nach vorne stürmen, als es an der Sicherheitstür hinter ihm läutete. Er brach das Drücken und Stürmen noch vor Beginn ab, wechselte durch eine bloße Körperdrehung die Türklinken, so nahe standen beide Türen voneinander entfernt, und zog sie auf. Sofort erkannte er den auf der obersten Stufe wartenden Gast, der soeben die Klingel von seinem Daumen befreite.

»Ich glaube, Ihnen fehlt hier Strom!«, begann der Unbekannte.

»Guten Tag, erst mal!«, widersetzte Thesos.

»Natürlich, guten Tag! ... Nicht, dass ich Sie überfallen wollte, aber als guter Nachbar ist man doch immer hilfsbereit. Wie unhöflich von mir!«

Mit diesen Worten ergriff der Unbekannte mit seinen großen Händen Thesos' Schultern, zog diesen schon fast aus dem Haus heraus, wobei er ihn sogar noch von der Türklinke zerren musste, die er immer noch eisern festhielt, was die beabsichtigte Umarmung unwillkürlich etwas ins Stocken geraten ließ, dann aber, als er endlich an seine Brust gestolpert war, schließlich durch zwei angedeutete Küsse auf seine Wangen ihren erfolgreichen Abschluss fand.

»Herzlich willkommen in unserer Nachbarschaft!«

Konrad Thesos blickte ausdruckslos auf sein Gegenüber.

»Ja danke. Und mit wem hab ich das Vergnügen?«

»Bender! Karsten Bender, ich wohne auch in dieser Straße, weiter runter – die Richtung!«

Bender zeigte mit der flachen Hand entlang der Straße.

»Kann man von hier nicht einsehen, müssen Sie mir einfach glauben!«

Er lachte.

»Das werd ich dann mal einfach. Sehr erfreut, mein Name ist Konrad Thesos, und ich bin neu hier.«

»Nehmen Sie es mir nicht übel, aber das sieht man. Sie entsprechen gar nicht dem Standard dieser Gegend!«

»Welcher Standard ist denn hier bei Ihnen erwünscht?«

Bender trat eine Stufe runter, legte den Kopf weit in den Nacken und fuchtelte mit seinen Händen über und seitlich der Tür an der Hauswand herum.

»Sehen Sie? Der ganze Putz hier? Das sieht man schon von Weitem. Also, ich hab's grad gesehen, als ich an Ihrem Haus vorbeiging, es ist mir aber auch vorher schon öfter ins Auge gesprungen, hat halt vorher schon lange keiner hier gewohnt. Sehen Sie das hier?«

Bender verließ die der Tür vorgelagerten Steinstufen und lief auf dem schmalen Plattenweg die Hauswand entlang, wobei sein Falkenblick die Außenfläche gnadenlos bis unters Dach einscannte.

»Das betraf aber viele Häuser«, sagte er mit den Armen rudernd. »Es gab keinen Strom, zumindest nicht nach dem heutigen Standard. War damals ja auch noch nicht so wichtig. Mit dem Alter kam dann der Verfall. Viele Hausbesitzer hatten es einfach versäumt, auf den aktuellen Standard umzurüsten. Es ist unbedingt notwendig, dass Sie hier was unternehmen, am besten noch heute. Sie wollen doch Hausbesitzer und nicht Hausbesetzter sein, oder?«

Während Bender seinen Monolog über die Stromversorgung im allgemeinen und die Defizite seines Eigenheims im Besonderen fortsetzte, testete Thesos einen Lichtschalter, der innen neben dem Türrahmen angebracht war. Zu seinem Erstaunen tat sich etwas. Es handelte sich um den Schalter für die Außenbeleuchtung, eine halbrunde Wandlampe. Hellte sich im ersten Moment sein Gesicht mit dem einsetzenden Licht auf, so verdunkelte es sich sogleich wieder, als es im nächsten Moment erlosch, um dann wieder anzugehen und sich in einem flackernden Zustand einzurichten, dazu kam noch, dass der veraltete Lichtschalter jedesmal sehr schwung- und geräuschvoll in eine Endposition einschlug, was selbst noch auf der anderen Straßenseite zu hören sein musste. Bender entschloss sich allerdings, sich nicht beirren zu lassen, und ging weder mit einem Wort noch mit einem Blick auf diese Demonstration ein.

»Also, hier geht der Strom auf jeden Fall!«, verkündete Thesos mit froher Miene und betätigte den Lichtschalter noch mehrmals schnell hintereinander, um die volle Aufmerksamkeit seines Begutachters zu erhaschen.

»Was sagten Sie, bitte?«, entgegnete Bender, als er nun seine Blicke wieder Richtung Eingangstür richtete.

»Ich meinte, dass der Strom hier wohl ginge. Sehen Sie?«

Erneut malträtierte er den Lichtschalter und zeigte auf die flackernde Außenbeleuchtung.

»Welcher Strom?«

Bender blickte fragend zur flackernden Leuchte.

»Na, der hier!«

»Ach so, Sie meinen das Licht! Natürlich geht das. Hab ich das Gegenteil behauptet?«

Beide schauten sich verdutzt an.

Plötzlich unterbrach Bender die Stille.

»Der Strom! Nein, nein ...«, lachte Bender. »Nein, nicht den elektrischen Strom hier! Da hab ich mich mal wieder unklar ausgedrückt. Nein, der elektrische Strom ist hier völlig in Ordnung. Ihr Haus ist da schon fast ein Vorzeigestück unserer Siedlung. Ich weiß noch, als das hier alles erneuert wurde, zumindest die Leitungen in den Wänden und so – nur vom Feinsten! Bei den Schaltern und Verkleidungen hatte man allerdings offensichtlich etwas geschlampt.«

Bender streckte den Kopf mit einem hinweisenden Blick zur Tür, wo Thesos noch immer den vergilbten Lichtschalter zwischen den Fingern hielt.

»Hat der Vorbesitzer wohl nicht bis zu Ende gedacht. Na, ja.«
Bender trat jetzt wieder zurück vor die Stufen und betrachtete nochmals die Wand direkt neben der Tür. Er stand mit der Schuhspitze schon im weichen Blumenbeet, das noch vom Regen der letzten Tage feucht war, und holte aus der Brusttasche seiner leichten Sommerjacke einen Bleistift, den er auf den Putz der anvisierten Stelle setzte und darauf einige Striche und Kurven nachzog. Thesos verfolgte verwundert die Kunstanwandlungen von seinem Türrahmen aus.

»Sie müssen das hier auf jeden Fall noch sicherstellen. Ihr Haus soll doch ein Vorzeigeobjekt bleiben, oder?«, sagte Bender und verstaute seinen Stift.

»Ja, klar!«, antwortete Thesos etwas zögerlich.

»Na, denn, ich wollte eigentlich auch gar nicht lange stören. Ich muss nämlich weiter! Dann machen Sie es mal gut, und denken Sie an den Strom!«

Bender kam nochmal die Treppe hoch, vergab ein Bussi links und rechts, dieses Mal allerdings deutlich feuchter, und änderte nach Vollzug die Laufrichtung.

Thesos blickte dem Mann versonnen hinterher, zog die verzinkte Zaunpforte hinter sich zu, ließ sie vorsichtig einschnappen und verschwand mit großen Schritten hinter der Hecke des Nachbargrundstückes.

»Ja, der Strom …«, flüsterte er vor sich hin und wischte mit der Handinnenfläche beide Wangen ab.

»Was für ein Volk?«, sagte er im Flur, bevor er die Sicherheitstür hinter sich schloss.

Im Erdgeschoss befand sich die Küche, vom Flur geradeaus durch, dahinter verlief ein weiterer, gebogener Flur, der zu dem Badezimmer und dem Gäste–WC führte. Von diesem Flur führte ein Hinterausgang auf den Garten. Parallel zur Küche lag in gleicher Größe das Wohnzimmer, das sowohl vom ersten Flur, als auch von der Küche zu erreichen war. Im Obergeschoss befanden sich das Schlafzimmer, ein Arbeitszimmer und ein Kinderzimmer, alles sehr schmal geschnittene Räume. Es gab jedoch genügend Fenster, die aufhellten und damit etwas Größe schufen.

Konrad Thesos hatte sich nun bis in die Küche vorgearbeitet, so manchen Karton geöffnet und dann doch wieder hinter sich gelassen, denn davon säumten nun einige seine Wege im Haus.

Der Kleinkram war bereits ins Haus eingezogen, alles fein säuberlich in handliche Kisten verpackt, wobei kaum an Zeitungspapier gespart wurde. Es konnte aber noch ein wenig dauern, bis sämtliche Schränke und anderes Mobiliar folgten. Und das lag vorerst nicht an ihm. Daher machte es auch kaum Sinn, die verpackten Kartons vorher zu leeren, da es ja noch keinen gesicherten Abstellplatz gab.

Er ging mit einem Zollstock von einer Wand zur nächsten, nahm Maß, ging in Gedanken die bekannten Möbelstücke durch, um zu prüfen, ob sie mit den geplanten Einrichtungsvarianten konform gingen, als es erneut an der Sicherheitstür klingelte.

Thesos legte den Zollstock auf einer der geschlossenen Kisten ab und öffnete die Tür.

»Tag, was kann ich für Sie tun?«, schleuderte er einem jungen Mann hastig entgegen.

»Ich glaube, ich muss vielmehr was für Sie tun, oder nicht?«, gab der Mann mit einem Lächeln und einem Fingerzeig auf die zuvor bekritzelte Stelle neben der Tür zu verstehen, trat danach auf die oberste Türstufe, entriss Thesos die Begrüßungshand, zog diesen damit an sich heran und machte das, was heute wohl irgendwie jeder mit Thesos machte, nämlich links und rechts zwei Küsse auf die Wangen zu drücken. Glücklicherweise waren sie nicht so nass wie beim letzten Mal.

»Also, was wollen Sie?«, fragte Thesos genervt.

»Guter Mann, ich will doch nur helfen!«

Der junge Mensch trat zurück auf den Vorgartenweg.

»Ihnen fehlt der Strom. ... Sie brauchen Strom, aber dass müssten Sie ja wissen, hier sind ja bereits die Bohrungen für die Leitungskanäle vorgezeichnet.«

Er kniete sich vor die Skizze an der Hauswand und winkte Thesos zu sich herunter.

»Das sieht aber sehr unkompliziert aus! Das kriegen wir leicht installiert!«

Er erhob sich und tastete den Putz mit den Fingerspitzen ab, selbst den über den Fenstern liegenden Bereich versuchte er auf diese Weise abzuchecken.

»Ja, das dürfte kein Problem sein. Ich kann sofort anfangen, dann sind wir heute Abend fertig. Ist das schnell genug für Sie?«

»Jetzt warten Sie mal ganz kurz! Ich habe keine Ahnung, was

Sie hier installieren wollen, und bevor mir keiner den scheiß Strom erklärt hat, läuft hier gar nichts.«

»Sie brauchen sich deswegen ja nicht gleich aufzuregen. Was gibt es denn am Strom nicht zu verstehen?«

Thesos schaltete die Außenbeleuchtung ein.

»Ich habe bereits Strom, wie Sie sehen! Also danke, kein Bedarf!«

»Sie sind nicht aus dieser Gegend, oder?«

»Nein. Und?«

»Na, ja, dann können Sie das vielleicht nicht wissen, ist zwar unwahrscheinlich, aber denkbar. Ich meine nicht den elektrischen Strom. Sie halten uns wohl für Hinterwäldler? Sie können mir vertrauen, unsere Häuser haben bereits elektrischen Strom. Der hier übliche Strom musste allerdings bei vielen Häusern nachgerüstet werden, zumindest bei denen, wo es ging. Die anderen wurden abgerissen und neu gebaut. Aber wie schon gesagt: Ihr Haus erachte ich als unkritisch. Das sieht schon ein Laie an dieser Hauswand. Sehen Sie?«, sagte der Mann und zeigte auf die Wand vor sich.

»Gut, wir reden also nicht vom elektrischen Strom. Wir haben auch festgestellt, dass ich nicht von hier bin. Dann erzählen Sie mir doch einfach, was dieser übliche Strom ist, der Häuser zum Abriss bringt. Muss ja was ganz Besonderes sein, Sie sind nämlich nicht der Erste, der mich deswegen rausklingelt.«

»Das ist 'ne Abkürzung. Solche Sachen bürgern sich auf dem Lande halt so ein.«

»Ja, und wofür?«

»Da muss ich selber kurz mal überlegen … Wissen Sie, wann mich das letzte Mal jemand danach gefragt hat? Am Anfang meiner Lehre, ach, wenn überhaupt! *Selbstständiges* … nein, stimmt: *selbstständige Treibjagd ohne Menschen*, genau, *sTroM* steht für: *selbstständige Treibjagd ohne Menschen*!«

»Das hat ja nichts mit Strom zu tun. Nicht mal am … Rande!«, stellte Thesos erstaunt fest.

»Nein, das hat nichts mit elektrischem Strom zu tun. Hab ich auch nicht behauptet, oder?«

»Na gut, und was soll ich jetzt mit *selbstständige Treibjagd ohne Menschen*?«

»Das kann ich Ihnen auch nicht sagen. Ich bin bloß der Botenjunge und der Installateur, mehr nicht. Ich weiß nur, dass Sie es haben müssen.«

»Also, das habe ich ja bereits verstanden, aber ich kann mir beim besten Willen nichts unter *selbstständige Treibjagd ohne Menschen* vorstellen. Mit Strom konnte ich etwas anfangen. Aber das? Kann man das anfassen?«, fragte Thesos verdutzt. »Also: Was zum Teufel ist das? Erklären Sie es für Dumme!«

»Es handelt sich um eine vollautomatische Falle. Die Elemente für den Bediener, also Sie, sind auf ein Minimum reduziert. Die Beute wird über eine Schleifanlage bis in den Endanschlag geführt. Der Endanschlag wird sich nachher hier an der Hauswand befinden, dort, wo bereits angezeichnet wurde, und die gesamte Schleifanlage wird individuell an das Haus angepasst. In Ihrem Fall würde es Sinn machen, die Anlage direkt an der Hauswand laufen zu lassen. Sie beginnt also am Anfang des langen Zaunausläufers, wo die Beute von der Straße mit einem Schnappmechanismus gepackt wird, danach über oder durch den Zaun zur Hauswand, da müssen wir mal sehen, was am Besten passt, und dann letztendlich hier am Beet entlang bis hierher. Auch hier besteht keine Gefahr mehr für den Bediener. Die Beute ist im Endanschlag bewusstlos, kann also danach gefahrlos entnommen werden.«

»Das hört sich nach 'ner Menge Umbau an und nach nicht gerade billig!«, warf Thesos ein, der noch immer in Gedanken den beschriebenen Abläufen des Botenjungen folgte und dabei sein Grundstück betrachtete.

»Keine Sorge, Herr Thesos, das hört sich nur viel an. Das Einzige, was Sie vom *sTroM* sehen werden, ist der Endanschlag. Sieht ungefähr wie ein Fahrradständer aus. Ich kann Ihnen gleich mal einen zeigen. Und die Kosten werden selbstverständlich von unserer Gemeinde übernommen. Man muss halt investieren, wenn man einen einheitlichen Standard schaffen will, und das haben die auch erkannt!«

Der Botenjunge machte auf dem Absatz kehrt und passierte erneut das Eingangstor, um hinter der undurchsichtigen Hecke an der rechten Grundstücksgrenze zu verschwinden.

Man hörte das Öffnen einer Autoschiebetür. Sekunden später ein schwungvolles Zuschlagen, was wohl das zügige Auftauchen des Botenjungen ankündigen sollte. Es dauerte tatsächlich nicht lange, und der junge Mann erschien mit einem wie ein Fahrrad-ständer aussehendes Metallgestell und einigen Papieren in der Pforte. Er drückte Thesos das Gestell in die Hand und sortierte danach die mitgeführten Papiere.

»Sieht ja aus wie ein Fahrradständer!«, sagte Thesos.

»Hab ich doch gesagt. Und wenn es dann hier unten befestigt ist, dann scheint es tatsächlich täuschend echt. Geben Sie mal, bit-te!«

Der Mann reichte die Papiere rüber und forderte im Gegenzug mit seiner freien Hand den Endanschlag.

»So. Wenn Sie sich das dann hier so vorstellen, dann erhalten Sie einen ungefähren Eindruck.«

Der Botenjunge hielt das Metallgestell etwa auf Kniehöhe und presste und korrigierte es nach den Bleistiftstrichen.

»Sie werden sehen, die Schleifanlage fällt kaum ins Gewicht. Ich schlage vor, Sie lassen mich jetzt machen. Vertrauen Sie mir einfach. Und wenn ich dann mit der Einrichtung fertig bin, werde ich Ihnen alles Weitere am Gerät selbst erklären. Ist dann auch viel einfacher nachzuvollziehen.«

»Und für welche Beute ist die Anlage ausgerichtet?«

Der junge Mann sah ihn ernst an und hielt bedeutungsvoll inne.

»Das ist eine sehr gute Frage. Aufgrund der Vielseitigkeit hat sich dieses Modell in die meisten Vorgärten gekämpft. Fast acht-zig Prozent sind hiermit ausgerüstet. Es eignet sich vor allem für Hunde und Schafe, also eher die kleinen Beutetiere, wobei Ver-suche gezeigt haben, dass selbst bei noch kleineren Beutetieren die Fangquote sehr hoch liegt. Es ist ebenso – und das ist dann schon die Königsklasse – für ausgewachsene Rinder konstruiert, was dann meist das ausschlaggebende Argument für die Anschaf-fung ist. Die Kundschaft legt halt wert auf Flexibilität. Aber wie schon erwähnt, werde ich dann erstmal zur Tat schreiten. Ich habe Ihnen einige Broschüren über den *sTroM* mitgebracht, kön-nen Sie ja mal einen Blick hineinwerfen. Sind auch noch einige Flyer dabei. Alles gut zu wissen, gerade wenn man neu hier ist.«

Der Botenjunge legte den Endanschlag ans Beet und richtete sich wieder auf.

»Na, wenn es denn sein muss, dann kann ich Sie ja wohl nicht aufhalten, oder?«

»Das ist ein Muss, und Sie wollen dem Standard doch nicht im Wege stehen!«, sagte er mit einem Anflug eines Lächelns.

»Sagen Sie, woher wussten Sie eigentlich meinen Namen?«, fragte Thesos schnörkellos.

»Wie? Ihren Namen?«, fragte der Botenjunge überrascht.

»Sie haben mich vorhin mit meinem Namen angesprochen! Das Türschild ist schließlich noch nicht beschriftet!«

»Selbst wenn, dann hätte ich eh nicht drauf geschaut: kenne eben die meisten – fast alle! Wenn Sie aber mal in den Unterlagen schauen würden. Da müsste irgendwo ein Rechnungsbeleg herumschwirren. Da steht in der Regel der Name des Kunden drauf. Also zu Ihrer Beruhigung, ich kann nicht hellsehen!«

Er lachte kurz auf. Thesos blätterte in den Unterlagen und fand nach kurzem Suchen einen Rechnungsbeleg, und im Kleingedruckten fand er dann auch seinen Namen.

»Sagten Sie nicht, es wäre kostenfrei?«, fragte Thesos über die Schulter hinweg.

»Ist es auch. Diese Rechnung dient nur der Gemeinde, damit später noch nachvollzogen werden kann, wo Investitionen getätigt wurden, glaube ich zumindest. Ich bin aber nur der Aufsteller und nicht mehr. Haben Sie noch mehr Fragen?«

»Vorerst nicht. Ansonsten habe ich ja erst einmal genug zu lesen.«

»Ich bin vermutlich in wenigen Stunden fertig.«

Der Mann schaute auf seine Armbanduhr.

»Sechs, halb sieben, so um den Dreh. Ich klingel dann bei Ihnen. Sie sind doch da?«

Thesos blickte ebenfalls auf seine Uhr.

»Wenn wir uns auf nach halb sieben einigen könnten, dann bin ich auf jeden Fall da.«

Thesos trat wieder zurück in den Flur, verschloss die Sicherheitstür und ließ den jungen Mann draußen arbeiten.

Niedrige Anforderungen

W ir heißen Sie herzlich willkommen in der Familie Bahla! Sie müssen bereits von unserem Leistungsstand überzeugt sein, falls nicht, gehen wir davon aus, dass unser Produkt Sie in kürzester Zeit fesseln wird! Es war Ihre Entscheidung und es war die absolut richtige Entscheidung: Der neue sTroM von Bahla! Er wird Sie begeistern und Sie zu einem treuen Familienmitglied machen.

Was lange währt, wird letzten Endes unschlagbar. Und so freuen wir uns, nach so langer Zeit das neue Modell präsentieren zu können: Der neue sTroM von Bahla!

Erleben Sie eine neue Dimension von Selbstständigkeit, Flexibilität und Triebbefriedigung!

Entdecken Sie neue Möglichkeiten! Überschreiten Sie Grenzen!

Thesos überflog das oberste Blatt. Es war deutlich fester als die darunterliegenden. Schon beim bloßen Anfassen war die Qualität dieser Werbung zu spüren. Sehr dekorativ gestaltet. Hochglanzpapier! Er verfrachtete es an die untere Seite seines kleinen Stapels und blickte nun einigen Seiten entgegen, die links oben geheftet, deutlich leichter als die Werbung und schwach auf Umweltpapier gedruckt waren. Es schien ein Auszug zu sein, darauf ließ zumindest die abgesetzte Überschrift schließen:

1.3 Technische Beschreibung
Thesos überflog den Text:
1.3.1 Allgemeines
Der sTroM von Bahla besteht aus drei Abschnitten. Abschnitt eins ist als Fang– und Schnüreinrichtung definiert. Abschnitt zwei ist als Schleifanlage oder auch Beförderungsbahn definiert. Abschnitt drei ist als Endanschlag

definiert. Alle drei Teilabschnitte sind durch unterschiedliche Haken, Ösen und Kunststoffhalterungen verbunden und gesichert.

Das zu befördernde Objekt wird von der Fangeinrichtung bis zum Endanschlag durch Drahtseile, die über Seilrollen laufen, geführt und beschleunigt. Die Schleifanlage ist variabel ausbaubar. In der minimalen Installation sind 3 m nötig. Ansonsten sind sämtliche Überlängen durch Erweiterungspakete denkbar.

Das zu befördernde Objekt wird mit dem Zugriff der Schleifanlage durch gezielt induzierte Elektrizität betäubt. Dieser Vorgang muss vom Bediener manuell im Endanschlag deaktiviert werden.

Der Endanschlag beinhaltet die Baugruppe Sicherheitshandkurbel, die die Deaktivierung des Endanschlages und die vorgeschriebene Entnahme des Objektes aus dem Endanschlag ermöglicht.

ACHTUNG: Der Handgriff der Sicherheitskurbel muss nach der Benutzung eingeklappt werden.

VORSICHT: Eine Entnahme des Objektes aus dem Endanschlag ist ohne vorherige Deaktivierung der induzierten Elektrizität und der Induktoren verboten.

Lebensgefahr durch Stromschlag! Die Firma Bahla warnt vor unvorhersehbaren körperlichen Schäden und ausbleibendem Versicherungsschutz.

Thesos blätterte weiter, übersprang einige Abschnitte, musterte Zeichnungen, die die Anlage oder zumindest Teile davon abbildeten, und beförderte nach kurzer Auswertung auch diesen Blätterhaufen ans untere Ende. Er wollte es sich doch lieber durch den Installateur erläutern lassen, und er hoffte auf eine etwas kundenfreundlichere, verständlichere Beschreibung seines Neuerwerbs.

»Als wenn mich das jetzt interessieren würde!«, seufzte er verärgert.

Schließlich durchstreifte er weitere technische Beschreibungen, die allerdings schon bei der ersten Begutachtung wieder verworfen wurden. Relativ weit unten wartete am Stapelende dann ein kleineres Blatt Papier, das gefaltet und auf der präsentierten Außenseite mit einem Wappen versehen war. Auf dem Wappen war ein großes Tier, vermutlich ein Stier abgebildet, dessen Hörner überdimensional in Szene gesetzt waren. Er stand auf seinen Hinterhufen und kreuzte in Wappenmitte seine Hörner mit

einem Gewehr. Offensichtlich ein Jagdgewehr, da ein Zielfern-
rohr abgebildet war. Der Hintergrund sah aus wie Eichenlaub,
vor dem ein imposantes Schauspiel aufgeführt wurde. Die Ränder
waren mit Eicheln verziert.

Thesos klappte das Papier auf und las auf der Innenseite:
Einladung zum Stammtisch der Fallenstellergemeinschaft
Darunter in Handschrift und blauer Tinte:
Sehr geehrter Herr Konrad Thesos,
Die Handschrift endete nach dieser Einleitung und wurde wieder
durch schwarze Druckbuchstaben ersetzt.

*Am 13. März 2007 führt die Fallenstellergemeinschaft unserer Gemeinde
den üblichen Stammtisch im Gasthaus Zur wilden Sau durch, zu dem ich
Sie und Ihre Familie herzlich einladen möchte.*

*Wir eröffnen den Stammtischtag mit einem offiziellen Teil gegen 16.00
Uhr, um dann im Anschluss dem leiblichen Wohl in entspannter Atmosphäre verfallen zu können.*

*Ich freue mich sehr, Sie und Ihre Familie am 13. März 2007 um 15.45
Uhr vor Ihrem neuen Haus begrüßen zu dürfen. Bitte beachten Sie sonstige
Regelungen im beigefügten Ablauf.*

Dann wieder mit blauer Tinte:
Mit freundlichen Grüßen

Danach folgte eine unleserliche Unterschrift, die darunter in
Druckschrift entschlüsselt wurde:
Spindel – 1. Vorsitzender der Fallenstellergemeinschaft

Thesos schaute unter die Einladung und fand dort auch einen beigefügten Ablauf auf DIN A4, es stach allerdings nichts wirklich
Wichtiges ins Auge, weshalb er dieses Blatt ebenfalls mit der Einladung ablegte und den kompletten Stapel auf einen der Kartons
packte. Er hatte es eilig und drängte zum Ausgang.

Thesos war neu in der Gegend. Er war so neu, dass nun auch
ein neuer Beruf vonnöten war. Seit feststand, dass es diese Gegend
sein sollte, studierte er fast jede der regionalen Tageszeitungen
und durchforstete sämtliche Anzeigen und Gesuche. Es war
eigentlich fast egal was, doch es sollte in der Nähe sein. Ein kurzer
Fußmarsch sollte ihn an den Arbeitsplatz bringen.

Er besaß bereits einiges an Vermögen, mit welchem er dann auch das kleine Häuschen erwerben konnte, doch war es auch nur für das Eigenheim gedacht, nicht für ein bequemes Leben. Es hieß nun also Arbeit suchen, um zum einen eine Beschäftigung zu haben und zum anderen ein kleines Einkommen aufweisen zu können. Sein Eigenheim, also das Vermögen, welches damit eigentlich nur seine Form verändert hatte, ermöglichte ihm, bei der Jobsuche recht niedrige Anforderungen stellen zu können, schließlich sollte es ja bloß zum Leben reichen und die Zeit verkürzen.

Heute hatte er einen Bewerbungstermin bei der örtlichen Kirchengemeinde, wo er in der nächsten halben Stunde vorstellig werden sollte. Die halbe Stunde reichte völlig aus, denn innerhalb dieses Zeitraumes war jeder beliebige Punkt im Dorf zu erreichen, soviel konnte er bereits beim ersten Durchfahren dieser Ortschaft erahnen, allerdings wusste er nicht genau, wo er nun die Kirche im Dorf zu suchen hatte.

Thesos stand jetzt neben dem Installateur, der über dem Beet an der Hauswand werkelte.

»Entschuldigen Sie!«

»Was ist?«, entgegnete der junge Mann etwas abwesend und vertieft in seine Arbeit.

»Sagen Sie, wo finde ich denn die Kirche!«, fragte Thesos.

»Also, von hier aus …«

Der Mann schloss die Augen und schien nachzudenken.

»Welche Hausnummer ist denn das hier?«

»29. Ja, das ist hier die 29.«

Thesos zögerte etwas.

»Na dann ist es ganz einfach. Das war hier nämlich mal das Küsterhaus. Ich war mir erst nicht sicher, aber wo Sie es sagten. Es war die 29! Zu früheren Zeiten gehörte dieses Haus mit zum Eigentum der Kirche. Hier war der Küster samt Familie untergebracht, doch mit der Zeit kommen halt auch die Einsparungen. Stellen werden gestrichen oder verlagert. Dann hat die Kirche dieses Haus halt verkauft. Bringt eben auch Knete. Und wenn ich mich nicht ganz irre, dann grenzt dieses Grundstück direkt an den Friedhof. Beide Grundstücke sind zwar durch einen Graben getrennt, aber ich meine, dass dort eine Brücke rüberführt, so war es zumindest früher. Als wir noch Kinder waren, haben wir immer dort gespielt und uns rumgetrieben. Ich kannte damals den Küsterjungen. Also bevor Sie jetzt ganz außen herumgehen, sollten Sie vielleicht mal in Ihrem Garten schauen, ob der Übergang noch besteht.«

»In Ordnung! Danke, ich werd mal nachsehen.«

Erneut verschloss Thesos die Sicherheitstür und durchquerte danach die Küche, um zum hinteren Flur zu gelangen. Der hintere Flur ließ nur zwei Möglichkeiten: entweder rechts abzubiegen, also Richtung Badezimmer und Gästetoilette, oder nach links, wo eine alte Holztür mit eingefasster Fensterscheibe den Weg nach draußen versprach.

Thesos wollte nach draußen und steuerte auf einem gepflasterten Weg, der zwischen eigener Hauswand und Nachbarzaun verlief, auf eine große Grünfläche zu. Ab dort endete jeglicher erkennbare Weg, der zu einem vermuteten Graben hätte verlaufen können. Er ließ den befestigten Weg hinter sich und schritt nun quer über den Rasen. In einiger Entfernung konnte man bereits das Ende seines Grundstückes sehen, ihn trennten allerhöchstens fünfzig Meter. Ein Graben war noch nicht zu erkennen, denn das Gelände war leicht ansteigend, auch war kein Friedhof auszumachen, denn dort, wo Thesos das andere Ufer vermutete, standen etliche Bäume, die mit tief hängenden Ästen jede Sicht unterbrachen.

Als er das hintere Ende seines Grundstückes erreicht hatte, schaute er auf den angesprochenen Wasserlauf, der jetzt von rechts nach links entlang seiner Füße verlief. Der Graben war gute eineinhalb Meter in der Tiefe versetzt und hatte mit seiner schwachen Strömung nur ein sehr schmales Flussbett schaffen können. Der Hang auf Thesos' Grundstück war mit hohem Gras bewuchert. Die andere Grabenseite wurde wohl regelmäßig gemäht, bis runter ans Wasser. Es hätte jedoch einiges an Anlauf bedurft, um das Hindernis im Sprung zu nehmen. Er schaute sich kurz um, und wie versprochen, fand er den provisorischen Übergang vor.

Schon am Geländer konnte man erkennen, dass diese Brücke den Stempel *Marke Eigenbau* trug. Thesos ließ sich dadurch allerdings nicht bremsen. Einige lange Holzbretter waren zu einer tragenden Fläche zusammengenagelt worden. An beiden Uferseiten waren kräftige Pfähle in den Boden getrieben worden, die nun das Geländer trugen, vielmehr die dünnen Bretter, die griffbereite Sicherheit darstellen sollten.

Er testete den Übergang. Die Bretter knarrten und gaben seinem Gewicht nach. Die Konstruktion wirkte allerdings in den Endanschlägen verhältnismäßig stabil.

Auf der anderen Seite erkannte er sofort den Friedhof. Er konnte zwar noch keine Grabsteine sehen, doch der lehmige Boden, der jedem seiner Schritte nachgab und anders federte als sein Grundstück, und der dazu passende Geruch in der Luft überzeugten sofort. Man konnte die lehmige Erde, die offenliegende, alte Erde förmlich riechen.

Er passierte auf dem Weg von seinem Grundstück zu dem vermuteten Friedhof linker Hand einen übergroßen Komposthaufen, der mit Geäst, verblühten Blumengestecken und modrigen Grabkränzen überladen war. Diese Ablagestelle zog sich über mehrere Meter entlang seines Weges und war an den höchsten Stellen bis auf Körpergröße getürmt. Das hier entstehende Aroma untermalte noch zusätzlich den markanten, umliegenden Geruch.

Aus dem Hintergrund schälte sich nun eine große, alte Kirche heraus, die sich durch die sie umringenden, dicht stehenden Bäume zu kämpfen schien, doch die Kirche interessierte Thesos zunächst einmal recht wenig, als er weiter am linken Rand, also hinter dem Komposthaufen, das Pfarrhaus bemerkte. Er vermutete zumindest, dass es sich um das Pfarrhaus handelte, denn es war ein flacher Bau mit langer Fensterfront, die auf einen Gemeinderaum schließen ließ; abgesehen davon war kein anderes Gebäude zu finden. Vor dem Haus stand ein langer Fahrradständer. Er sah zumindest so aus, was ein darin geparktes Fahrrad dann auch bewies. Es bestand aber eine große Ähnlichkeit mit dem Gerät, was gerade an seine Hauswand montiert wurde. Vor dem Pfarrhaus und dem Fahrradständer lag ein leerer Autoparkplatz.

Thesos ging ums Pfarrhaus, bis er an der Gebäudeseite vor eine mit Messingblenden und Schnitzereien verzierte Doppeltür aus Holz stieß, in die auf Sichthöhe auf beiden Flügeln Milchglasscheiben eingesetzt waren, die nur einen verschwommenen Einblick in das Innere gestatteten.

Er erkannte den Schatten eines Gesichts, dann wurde die Tür geöffnet. Leicht erschrocken trat Thesos einen Schritt zurück.

»Guten Tag, mein Herr!«, rief ihm der Mann entgegen.

»Ebenfalls!«, stieß Thesos überrascht aus.

»Kommen Sie herein! Fühlen Sie sich wie zu Hause!«

Vor ihm stand ein alter Mann, auf dessen Einladung er nun einen weiten Schritt ins Innere des Hauses tat. Eigentlich rechnete er damit, dass er nun dem Rücken seines Gegenübers folgen sollte, allerdings hatte sich der alte Mann keineswegs gedreht, sondern nur die Arme weit ausgestreckt, in die Thesos nun lief. Er rannte dem Mann vor die Brust und bekam auch gleich auf beide Wangen jeweils einen Kuss gedrückt.

»Dann lassen Sie uns hineingehen!«, sagte der Mann mit rauer, aber sanfter Stimme.

Ohne viele Worte verlieren zu können, wurde Thesos ins Gebäude hineingezogen, passierte dabei noch einige Zwischentüren und landete letztendlich auf einer abgesessenen Couch.

Der Kleidung nach handelte es sich bei dem alten Mann offensichtlich um den Pfarrer, denn er trug ein schwarzes Gewand und den bekannten, weißen Kragenausschnitt.

»Entschuldigen Sie mein Gewand, ist ja außerhalb der Kirche nur selten üblich! Dies hier ist allerdings neu. Musste erst mal Probe getragen werden«, sagte er, wobei sein weißgrauer Vollbart ein überraschendes Grinsen umrahmte.

»Man wird ja auch nicht dünner mit den Jahren, leider. Na, ja. Mein Name ist Pfarrer Kaufmann, und mit wem habe ich das Vergnügen?«

Seufzend ließ sich der Pfarrer in den Sessel neben dem Sofa fallen, das visuell von dem gegenüberliegenden ungeheuer massigen Schreibtisch förmlich erdrückt zu werden schien.

Thesos rückte sich selber nochmals zurecht, wobei er Bedenken hatte, sich zu stark auf der Couch zu bewegen, denn diese Unterlage schien ein reiner Staubfänger zu sein. Als er seine Hand auf die Armlehne legte, wirbelte jedenfalls gehöriger Staubnebel auf.

»Konrad Thesos ist mein Name.«

»Ach, warten Sie! … Ich hab's gleich.«

»Ich bin wegen der …«

»Sie sind wegen der Stelle hier, richtig?«, unterbrach der Pfarrer Kaufmann.

»Genau, wegen der Stelle.«

»Also, Ihre Unterlagen haben mir sehr gut gefallen. Sie sind also neu hier?«

»Brandneu. Ich hab noch nicht einmal meine Möbel hier! Einzig und allein meine vier Wände.«

»Aber Sie haben doch Möbel, oder?«

»Ja, sicher, aber die werden erst noch geliefert. Kann noch ein Weilchen dauern.«

»Na dann. Ich glaube, dass Sie sich hier wohlfühlen werden, oder was meinen Sie?«

»Ich hoffe doch. Es scheint hier allerdings ein sehr eigenes Volk zu sein. Mal sehen!«

»Tja, wenn Sie sich erst einmal daran gewöhnt haben, dann werden Sie das hier nicht mehr missen wollen, vertrauen Sie mir!«

Der Pfarrer machte eine Pause, kraulte mit beiden Händen durch seinen Bart, wobei seine Ellbogen auf die Armlehen gestützt blieben, und musterte ihn über seine Lesebrille hinweg, die bereits auf die Nasenspitze gerutscht war.

»Also, wegen der Stelle …«

Thesos lenkte das Gespräch wieder auf die wichtigen Themen.

»Ja, wegen der Stelle als Küster, auf welche Sie sich beworben hatten. Wussten Sie eigentlich, dass Sie jetzt in dem ehemaligen Küsterhaus wohnen?«

»Das habe ich auch erst heute erfahren, irgendwie komisch!«

»Man könnte ja schon fast von Fügung sprechen, aber ich muss Ihnen leider gestehen, dass sich mit der kommenden Haushaltssanierung einiges ändern wird. Und die Stelle des Küsters ist bereits absehbar.«

»Was für eine Haushaltssanierung?«, fragte Thesos.

»Na ja, es ist eben nicht so wie bei mir. Ich nehme zwar mit den Jahren zu, aber unsere Gemeinde leider nicht. Hier wird immer mehr abgespeckt. Und diese Einsparungen treffen uns ausgerechnet da, wo es am stärksten schmerzt. Die Küsterstelle wurde bereits vor wenigen Jahren schon in der Stundenzahl beschnitten. Davor, zu meiner Anfangszeit, das liegt jetzt schon einige Jahre zurück, wurde bereits das Küsterhaus, was eigentlich immer schon der Küsterfamilie vorbehalten war, öffentlich verkauft. Auf diesem Weg wollte man halt wieder Geld in die Kassen bringen. Lange Rede, kurzer Sinn: Ich kann Ihnen leider keine volle Stelle anbieten. Das, was ich für Sie noch hätte, wäre eine sehr heruntergebrochene Anstellung.«

»Und das heißt dann unterm Strich?«, erkundigte sich Thesos.

»Die Kirche als auch die Gemeinderäume fallen komplett weg. Dekoration und Vorbereitung der Gottesdienste und anderer Veranstaltungen sowie die anschließende Nachbereitung und Reinigung übernehme ich. Das spart Zeit und damit Geld. Der Küster war früher auch für die Pflege des Friedhofs und der umliegenden Grünanlagen verantwortlich, aber seit wir sämtliche Rasenflächen, also die meisten, abgeschafft haben, fällt die Verantwortung an ein außenstehendes Unternehmen. Das kommt die Gemeinde auf Dauer billiger.«

»Was meinen Sie denn mit *Rasenflächen abgeschafft*?«, klinkte sich Thesos ein.

»Wir haben den Rasen einfach durch Schredder ersetzt. Sie kennen Schredder, also Rindenmulch?«

»Ja, klar!«

»Der ist pflegeleichter und ebenfalls dekorativ, eben alles eine Sache der Gewohnheit. Es dauert Monate, bis sich dort mal Unkraut durchgekämpft hat, und dadurch rechnet sich eher eine beauftragte Firma! Ich will Ihnen aber jetzt nicht aufzählen, was Sie hier nicht mehr machen können. Also lassen Sie mich zu dem kommen, was ich Ihnen anbieten kann. Wir benötigen derzeit noch einen Grabausheber. Ich gebe zu, die Bezahlung ist dürftig und die Arbeitsutensilien übersichtlich, aber Arbeit ist auf jeden Fall zuhauf vorhanden. Sie werden doch mit Schaufel und Spaten umgehen können, oder?«

»Na, sicher! Ich wäre dann also als Totengräber angestellt, nicht wahr?«

»So könnte man es auch nennen, aber wir bevorzugen den Begriff *Grabausheber*! Hört sich einfach sympathischer an, ist aber genau das, was Sie meinen. Also, wollen Sie die Stelle? Unsere kleine Leichenhalle ist derzeit gut gefüllt. Sie könnten gleich morgen anfangen!«

»Für den Anfang hört sich das doch ganz gut an. Wenn Sie mich denn haben wollen, dann nehme ich gerne an.«

»Da spricht eigentlich nichts dagegen. Es gibt allerdings noch eine Herausforderung für Sie! Ich kann Sie leider nicht einweisen. Der letzte Grabausheber ist selber verstorben, kann daher auch keine Hilfe mehr sein. Ich drücke Ihnen gleich einfach die Schlüssel in die Hand. Der eine ist für den Schuppen, wo sämtliche Geräte für Sie zu finden sind, also Schippe und Spaten und so. Der Schuppen wie auch die Leichenhalle, dafür ist dann der andere Schlüssel, befinden sich hinter dem Komposthaufen, den Sie ja bereits ausgemacht haben sollten, wenn Sie von Ihrem Anwesen gekommen sind.«

»Ja, hab ich gesehen«, versicherte Thesos kopfnickend.

»Und genau dahinter finden Sie die Halle und den Schuppen. Die Leichenhalle ist meist auf, eigentlich immer, aber nur für den Fall … hier sind die Schlüssel …«

Pfarrer Kaufmann erhob sich und ging auf Thesos zu, der ebenfalls von der verstaubten Couch aufsprang.

»Sie werden dort sämtliche Informationen vorfinden, die Sie benötigen. Ihre Aufgabe wird es also vorerst sein, sich ohne Hilfe hier zurechtzufinden. Das sollte zu Anfang auch keine wirklich leichte Aufgabe sein. Ich bin nämlich die nächsten Tage nicht vor Ort. Glauben Sie, Sie schaffen das?«

»Vertrauen Sie mir. Ich bekomme das schon hin. Die Schlüssel für Schuppen und … die Leichenhalle ist auf, meistens … ich finde alles Nötige hinterm Komposthaufen … alle wichtigen Informationen sind vorhanden …«, rekapitulierte Thesos und streckte dem Pfarrer die Hand zum Abschied entgegen.

»Genau, Sie werden alles in der Leichenhalle vorfinden: wo die Leichen hingehören, wie tief und breit Sie ausschachten müssen, Ganganordnungen des Friedhofs, Beschriftungen und so weiter. Und natürlich das Wichtigste: Die Leichen finden Sie auch dort! … Kleiner Scherz am Rande! Erst wenn wir das Lachen verloren haben, geht es uns richtig schlecht«, sagte der Pfarrer und ergriff die angebotene Hand, um Thesos an sich heranzuziehen und ihm die verhassten Küsse zu applizieren, allerdings machte Thesos wieder einmal gute Miene zum ungewohnten Spiel, ließ im Übrigen aber die belästigende Verabschiedung kommentarlos über sich ergehen.

»Dann fange ich morgen also an!«, bestätigte Thesos vorsichtshalber noch einmal, als er erfolgreich der Umarmung entkommen war.

»Machen Sie sich keinen Stress. Wann Sie anfangen, ist Ihnen überlassen. Teilen Sie sich Ihre Arbeit und Ihre Leichen selber ein. Fakt ist, die müssen unter die Erde, und dafür sind Sie ab jetzt verantwortlich. Im Übrigen bezahlen wir Sie nicht nach Stunden sondern nach Stückzahl. Die Kleinigkeiten gehen wir dann aber einfach in Ruhe durch, wenn ich wieder da bin. Ist das für Sie in Ordnung?«

»Auf jeden Fall! Dann erstmal besten Dank für Ihre Zeit, und ich freu mich!«

»Dann freu ich mich natürlich auch. Schönen Tag noch!«, gab ihm der Geistliche mit auf den Weg, als Thesos bereits den Ausgang suchte. »Ich begleite Sie natürlich nach draußen. Kommen Sie!«

Beide verließen das kahle Zimmer durch einen unbekannten Zugang. Eine schmale Tür war nahezu unsichtbar neben einem der Bücherregale im Pfarrbüro untergebracht, die sich nun überraschend als Ausgang erwies.

»Das ging aber zügig!«, sagte Thesos, als beide die Tür durchschritten hatten.

»Tja, das ist der Hinterausgang, wenn es mal schnell gehen muss. Es ist ein sehr altes Gebäude. Alte Gebäude, alte Gepflogenheiten! Wenn Sie jetzt hier an der Hauswand entlanggehen, dann kommen Sie wieder zur Eingangstür. Sehen Sie den dicken Busch an der Wand? Der verdeckt gerade die Sicht auf die Tür. Und dann immer weiter und Sie befinden sich wieder auf dem Parkplatz.«

Pfarrer Kaufmann zeigte entlang der Hauswand auf einen Dornenbusch, der von der eigenen Position aus vielleicht zwanzig Meter entfernt an der Wand wuchs. Dabei bewunderte Thesos nicht nur den Busch und das damit verbundene Ziel, vielmehr war er jetzt von den langen Ausmaßen dieses Gebäudes fasziniert. Als er zu Anfang auf die Fensterfront blickte, war ein solches Ausmaß nicht zu erahnen.

Thesos machte sich auf den Rückweg. Er wollte den Installateur nicht unnötig warten lassen, abgesehen davon bevorzugte er die persönliche Einweisung in den geforderten Standard, der wahrscheinlich bereits seine Hauswand ergänzte.

ORTSTRADITIONEN

Thesos hatte lange Zeit in einer Großstadt gelebt und war dort auch sehr viel rumgekommen oder, besser gesagt, sehr häufig umgezogen. Die genaue Anzahl der absolvierten Umquartierungen war ihm nicht wirklich klar. Erst ein exaktes Abzählen an den Fingern, wobei beide Hände in der Pflicht waren, half Ort und Zeit der vergangenen Jahre zu ergründen. So schnell waren sie oberflächlich vorbeigehuscht, dass Thesos nun den Anker über Bord werfen musste. Dieser Anker wurde ganz klar durch das neue Eigenheim definiert, das nun die erhoffte Zäsur in seinem Leben bringen sollte, so hatte er es sich zumindest gedacht. Endlich sollte Schluss mit dem Hausen sein. Jegliche Unterkunft, die er in seinem abgeleisteten Leben bis jetzt bezogen hatte, diente ausnahmslos dem provisorischen Unterschlupf. Da machte er auch bei keiner eine Ausnahme. Thesos wollte also nicht mehr hausen sondern wohnen, und dieses Haus stellte eine gute Voraussetzung dar.

Was man will und das, was man schließlich bekommt, sind sicherlich zweierlei Paar Schuhe. Er konnte in seinem Fall nur von Glück sprechen, dass das Vermögen, welches ihm unerwartet zur Verfügung stand, plötzlich diesen Spielraum ermöglichte. Thesos hatte nicht im Traum daran gedacht. Es hatte exakt für das Eigenheim gereicht, als sei es ein Fingerzeig des Schicksals gewesen.

Thesos entschloss sich, den langen Weg abzumarschieren, also nicht die Abkürzung durch den Garten zu nutzen, sondern den großen Bogen durch die Siedlung. Er hatte ja auch noch etwas Zeit, bis seine Einweisung durch den Bahla–Installateur beginnen würde.

Es war ihm vorher kaum aufgefallen, doch nun, wo er dank seiner eigenen Hauswandinstallation sensibilisiert war, betrachtete er die Vorgärten seiner Nachbarn mit ganz anderen Augen. Sofort fiel ihm die Fahrradständerkonstruktion in jedem Eingangsbereich auf. Er brauchte nicht lange zu suchen. Der gezielte Blick rechts unten an die Hauswand, also wenn man davor stand, traf immer das Gesuchte. Es schien tatsächlich ein Standard in dieser Gegend zu sein. Die wenigsten sahen neu aus.

Die ersten Gärten überflog er nur schnell im Vorbeigehen, doch als er immer wieder auf diesen *sTroM* traf, nahm er sich kurz vor seinem eigenen Haus die Zeit zu einer genaueren Untersuchung. Der Endanschlag war überall klar und deutlich zu erkennen, doch auch ein genaueres Hinsehen brachte die restliche Anlage nicht zum Vorschein. Der Installateur hatte wohl Recht damit, dass die Optik des Hauses kaum in Mitleidenschaft gezogen werden würde.

»Ist es schon so spät?«, rief ihm der junge Installateur bereits mehrere Meter vor dem eigentlichen Eingang zu und warf dabei einen hektischen Blick auf sein Handgelenk.

»Na, ja, fast. Aber lassen Sie sich durch mich nicht hetzen, soll ja auch gut werden!«, antwortete er.

»Keine Angst, bin sowieso grad fertig. Muss das hier nur noch wegräumen und einmal durchfegen.«

Inzwischen hatte Thesos seinen Vorgartenzaun erreicht und blieb an der Pforte stehen und sah dem Bahla-Jungen zu, wie er gerade die letzten Werkzeuge von der Tür und dem Zaun zum Fahrzeug brachte.

Der Installateur erschien mit einem Besen, fegte hastig die Stufen an der Sicherheitstür ab, säuberte danach den Gehweg und verstaute anschließend sein Instrument wieder im Auto. Dann stellte er sich neben Thesos und legte ihm die Hand auf die Schulter.

»So, damit hätten wir das auch, und wir liegen sogar in der Zeit. Sind Sie dann bereit für eine kleine Einweisung?«

»Aber immer! Legen Sie los!«, ermunterte ihn Thesos gespannt.

Der Installateur ging am Zaun entlang und blieb am Ende der langen Zaunseite auf dem Bürgersteig stehen. Er gab Thesos ein Zeichen, worauf dieser ihm sofort zum Zaunende folgte.

»Wie Sie sehen, sehen Sie nichts. So soll es auch sein!«

Der Handwerker warf einen Blick auf den Metallzaun direkt vor sich und kramte dabei in seiner Hosentasche herum.

»Sie brauchen nämlich das hier!«

Er hielt Thesos ein kleines, schwarzes Ding vors Gesicht.

»Die Fernbedienung!«

Sie war nicht größer als ein Autoschlüssel, und die Knöpfe, in dunkelgrau gehalten, waren erst auf den zweiten Blick auszumachen. »Sie finden hier einen An- und einen Aus-Knopf. Und ohne *An* gibt es auch keinen *sTroM*. Vor der Benutzung also immer erst mit der Fernbedienung aktivieren. Und sobald Sie fertig sind, können Sie die Anlage über diese Bedienung wieder deaktivieren. Aber denken Sie daran, der Endanschlag muss dafür frei von Beute sein! Hier, versuchen Sie es selbst!«

Thesos hatte die Bedienung in der Hand und drückte den An-Knopf. Plötzlich schnellte ein Metallreifen zwischen beiden hoch und rastete mit lautem Knacken ein. Zwischen beiden befand sich jetzt ein metallumrahmtes Loch. Es hatte einen Durchmesser von vielleicht sechzig Zentimeter. Thesos und der Installateur schauten mit starrem Blick auf den neu erschienenen Kreis, der nun beide trennte.

»Ganz schön groß!«, sagte Thesos, dem das laute Geräusch noch immer in den Ohren klang.

»62,1 Zentimeter, um genau zu sein. Ist allerdings noch variabel verstellbar.«

Wenn man genau hinhörte, konnte man ein wenig Stolz in der Stimme des jungen Mannes erkennen.

»Und ganz schön laut!«, ergänzte Thesos.

»Was glauben Sie, wie sich das anhört, wenn die gesamte Nachbarschaft gleichzeitig …«

Im Hintergrund war ein feines Piepen zu vernehmen, sehr unaufdringlich, man musste schon genau hinhören, aber es schien im Unterbewusstsein dauerhaft präsent zu sein. Es musste an der Anlage liegen, da war sich Thesos sicher.

»Was ist denn das für ein Geräusch?«

»Sie meinen sicherlich den Signalton. Daran werden Sie sich gewöhnen. Den hört man irgendwann gar nicht mehr. Dieser Ton signalisiert eigentlich nur die reibungslose Verbindung zwischen den drei Hauptkomponenten. Wir stehen jetzt an der ersten. Mit der Aktivierung wird die Fang- oder auch Schnüreinrichtung ausgefahren. Es bleibt leider nicht aus, dass hier eine Beeinträchtigung des Gehweges entsteht, deshalb ist sie ja auch nur bei der Aktivierung ausgefahren. Also kein guter Zeitpunkt für Spaziergänge! Der Fänger ist ein Teil dieser Einrichtung, also: der Metallkreis hier zwischen uns.« Der Installateur bewegte die über dem Gehweg hängende Konstruktion und zeigte daran die federnde Lagerung.

»Alles sehr beweglich und flexibel. Muss er auch sein! Also, das Rind läuft hier in den Fänger und hat damit den Bereich der Schnüreinrichtung betreten.«

»Das Rind?«

Thesos schaute verwirrt zuerst auf den Kreis und dann auf sein Gegenüber.

»Es kann auch ein Schaf oder ein anderes vergleichbares Opfertier sein. Die Anlage ist allerdings auch für ausgewachsene Stiere geeignet und sogar offiziell zugelassen. Ich bin jetzt gerade von dem Idealfang ausgegangen. Na, Sie sehen mir eher wie ein Stierfänger aus!«

Der Handwerker lachte und klopfte Thesos auf die Schulter, während er mit der anderen Hand wieder am Fänger werkelte.

»Also, wie gesagt, der Fänger packt zu, passt sich dem Tier an und befördert es in den zweiten Abschnitt. Das Opfer wird über den Zaun geschleudert und bewegt sich danach in der Schleifanlage. Hier gibt es in der Regel zwei Möglichkeiten der Installation. Entweder man reißt an dieser Stelle einen Durchbruch im Zaun ein, durch den dann das Tier befördert wird, oder man schaltet eine Wurfanlage zwischen die Schnüreinrichtung und die Schleifanlage. Die zweite Variante machte bei Ihnen eher Sinn, ansonsten hätten wir natürlich nicht nur den Zaun beschädigen, sondern auch Ihre Rosen entfernen müssen. Das Tier würde nämlich durch den Zaun, durch das Beet hier und danach an die Hauswand befördert werden … Genau dafür wurde die Wurfanlage konzipiert. Das Tier wird nach der Schnüreinrichtung über Ihren Zaun und das anliegende Beet geworfen, natürlich noch immer durch den Fänger geführt, und landet der Berechnung nach direkt vor der Hauswand, wo es die Schleifanlage übernimmt und in den Endanschlag führt.«

»Geworfen?«

Thesos fuhr mit seinem Kopf den beschriebenen Bogen über Zaun und Rosenbeet bis zur Hauswand ab.

»Alles natürlich kontrolliert! Sobald das Tier einmal im Fänger ist, führt dieser dann auch die ganze Strecke bis in den Endanschlag. Das Tier läuft ja mit einer gewissen Geschwindigkeit am Zaun entlang, wird dort gepackt, wobei die Wurfanlage die meiste Energie aus seiner Laufgeschwindigkeit nutzt, und hebt dadurch in einem flachen Bogen ab. Wir sprechen hier jetzt nicht von einem riesigen Bogen, in dem das Tier fliegt. Aber wenn Sie das zum ersten Mal gesehen haben, dann werden Sie es verstehen!«

Der Installateur machte eine kurze Pause, stützte sich mit einer Hand am verzinkten Zaun ab und fuhr scheinbar zur unmissverständlichen Verdeutlichung die Flugkurve mit der anderen nach, wobei die einzelnen Handuntermalungen sehr schwer zu einem geschmeidigen Bild zusammenzufügen waren. Thesos gab sich ehrlich Mühe, es war ja auch sein Haus, aber das mit dem Rind wollte ihm doch noch nicht so richtig in den Kopf.

»Das Tier wird befördert – aber woher kommt das Rind denn?«

Er bemerkte jetzt erst, dass der junge Mann bereits an der Hauswand auf seiner Höhe stand.

»Na, von der Straße! Von wo auch sonst? Die Laufrichtung ist ja meist vorgegeben. Und die Erfahrung hat gezeigt, dass sie von dort unten kommen und damit natürlich als Erstes auf den Fänger treffen.« Der Handwerker zeigte die Straße runter, weg vom Haus.

»Kommen Sie rein, und lassen Sie uns weitermachen!«

Thesos folgte ihm mechanisch.

»Hier wird das Opfertier dann landen, sehen Sie? Und dort sehen Sie bereits die Führungsschienen rechts und links, kaum sichtbar am Rand … Sehen Sie!«

Thesos musterte das gegenüberliegende Beet und konnte feine, sandfarbene Schienen erkennen. Sie lagen nicht auf dem Weg sondern angeschmiegt direkt daneben, schon fast im Beet.

»Wenn Sie dann mal die Anlage deaktivieren würden!«, forderte der Installateur Thesos auf. »Nehmen Sie die Fernbedienung!«

»Ach, ja!«

Thesos betätigte schnell die Fernbedienung, und das folgende Scheppern riss seinen Kopf zum Fänger, der damit wieder eingefahren war.

»Herr Thesos, Sie müssen nach unten gucken, auf die Führungsschienen!«

»Wo?«

»Genau! Sie sind weg!«, unterbrach der Installateur den verwunderten Thesos. »Bei Deaktivierung werden die Schienen in den Boden gelassen. Ihr Grundstück ist da ideal: schöner, weicher Boden.«

»Und das Piepen hört auf!«, stellte Thesos beiläufig fest.

»Genau, jetzt besteht ja auch keine Verbindung zwischen den Abschnitten. – Schalten Sie die Anlage mal wieder ein!«

Sofort setzte das unterschwellige Piepen wieder ein. Der Fänger stand bereit. Die Schienen gruben sich langsam aus dem Erdreich, und ein leises Zischen ertönte auf beiden Seiten des Weges.

»Ach, und das ist die Druckluftanlage. Die sorgt dafür, dass die Schienen vor Betrieb von Schmutz und Sand freigeblasen werden. Wenn die in der Erde liegen, bleibt immer irgendwo Dreck hängen, dafür haben wir die vielen Druckluftdüsen … Das hört auch gleich auf zu zischen. Und wenn man nicht darauf achtet, ist es kaum zu hören!«, versicherte der Handwerker. »Nun gut, schauen wir weiter!«, trieb der junge Mann wieder an. »Diese Schienen bilden das Herzstück Ihrer Schleifanlage, und damit ist auch schon fast alles gesagt, was es zu wissen gibt. Die Schleifanlage übernimmt den Fänger, der die Beute noch immer würgt und nun als Verbindung zwischen Beute und Schienen herhält. Stellen Sie sich vor, Sie sind beim Wasserskifahren. Das Wasser stellt die Schienen dar, Sie sind das Opfer und das Seil, an dem Sie gezogen werden, ist der Fänger, allerdings greifen Sie nicht mit Ihren Händen nach dem Zugseil, sondern das Seil, also der Fänger, liegt schnürend um Ihren Hals … sanft wie ein Fußkettchen, aber bei ähnlicher Geschwindigkeit!«

Der Installateur lachte.

»Wasserski?«, fragte Thesos unsicher.

»Okay, der Vergleich hinkt ein wenig, aber wie gesagt, nach dem ersten scharfen Durchlauf wird Ihnen alles verständlich werden.«

Der Installateur ging an Thesos vorbei in Richtung Sicherheitstür und winkte ihn zu sich, als er vor dem Fahrradständergebilde wartete. Er kniete nieder, und Thesos blickte ihm von hinten über die Schulter. »Hier sehen Sie jetzt den vollständigen Endanschlag. Links an der Seite, natürlich zur Tür gerichtet, ist die Sicherheitskurbel mit Handgriff. Sie sollten den Handgriff bei Benutzung immer ausklappen, sonst könnte es nämlich sehr schmerzhaft werden. Nur so ein Tipp von mir. Das Opfer wird mit dem Schädel voran im Endanschlag fixiert. Ähnlich wie der Fänger nimmt auch der Endanschlag die passgenaue Größe des Beutetiers an. Fänger und Endanschlag stehen in Verbindung zueinander, deshalb unter anderem auch dieser Pfeifton. Der Endanschlag ist eigentlich die Krone dieser Bahla-Konstruktion, technisch unschlagbar und irre kompliziert, also verzeihen Sie mir, wenn ich nicht alles bis ins Kleinste erklären kann.«

»Wenn Sie mir dann auch verzeihen, wenn ich Ihnen nicht überall folgen kann, dann haben wir sozusagen einen Deal!«

Thesos lachte, was der Installateur mit einem breiten Grinsen quittierte.

»Alles klar! Also, sobald der Schädel fest fixiert sitzt, wird über drei Kanülen eine Chemikalie ans Gehirn abgegeben. Die eine vorn an der Stirn, die anderen beiden an den Schläfen.«

Der Installateur zog einen langen Bleistift aus der Beintasche und zeigte damit auf die drei spitzen Nadeln, die man wirklich erst mit dem genauen Fingerzeig wahrnahm.

»Und die dringen in die Kopfhaut ein?«, erkundigte sich Thesos.

»Die dringen sogar durch den Schädelknochen direkt ins Gehirn ein!«, prahlte der Handwerker.

»Die sind ja fast fingerdick«, staunte Thesos.

»Das ist aber kein Problem, denn sobald der Endanschlag gegriffen hat, rammen sich die Injektoren in den Schädel. Die stehen auf Spannung und werden noch gute zehn bis fünfzehn Zentimeter ausgefahren. Das richtet sich aber immer nach der Beute. Auch hier erfolgt ein automatischer Abgleich und eine maßgenaue Anpassung des Systems an das Beutetier. Der Endanschlag ist letzten Endes maßgeblich für das Ergebnis verantwortlich. Es muss eine ausgeklügelte Konstruktion sein. Man stelle sich nur die Sauerei bei falsch berechneter Injektionslänge vor. Da bleibt von einem Kleintierkopf außer Matsch nicht viel übrig, und den müssten Sie dann auch noch aufwischen. Das wollen weder Sie noch die Firma Bahla. Keine Angst, das wird Ihnen dank sehr guter Ingenieurskunst aber nicht passieren.«

Der Installateur rutschte auf seinen Knien etwas beiseite, sodass Thesos seitlich der Konstruktion Einblick erhielt.

»Erst wenn dieses Lämpchen von Rot auf Grün wechselt, ist der

Vorgang abgeschlossen, und erst dann benutzen Sie den Handgriff der Sicherheitskurbel und drehen so lange, bis es hörbar einrastet. Sie haben damit die Injektoren wieder manuell eingezogen und können danach problemlos den Kopf aus dem Endanschlag entfernen. Sie müssen dann nur noch die Fangschlaufe vom Hals lösen – alles selbsterklärend. Und dann diesen Knopf drücken …«

Der Installateur zeigte mit dem Bleistift auf ein zierliches Knöpfchen unterhalb der angesprochenen Lampe.

»Dann fährt die Anlage wieder in den Startbetrieb zurück und schaltet sich erst einmal selber aus. Für den nächsten Durchgang brauchen Sie einfach nur die Fernbedienung wieder einschalten, und schon geht es weiter!«

»Und was injiziert diese Maschine der Beute?«, fragte Thesos.

»Wie das Zeug genau heißt, kann ich Ihnen auch nicht sagen, aber es führt, soweit ich das noch weiß, zur schlagartigen Verengung der Blutgefäße, zudem wird der Herzschlag beschleunigt, das Tier wird quasi so stark hochgefahren, dass sämtliche Systeme ausfallen, und das blitzschnell. In der Regel kommt es zu einer erhöhten Magensaftproduktion und zu einer erhöhten Darmtätigkeit. Das muss nicht passieren, aber die Erfahrung hat gezeigt, dass in circa achtzig Prozent aller Durchläufe diese Erscheinungen auftreten. Ist wohl auch vom Beutetier abhängig.«

»Das bedeutet dann, dass mir ein solches Tier vorne ins Beet gekotzt und hinten ins Beet geschissen hat, oder was?«, malte Thesos mit einem Blick in seine Blumenbeete aus.

»Wie gesagt, kann passieren. Wer sehr viel wert auf die Trophäe legt, und das tun vermutlich alle, die eine solche Anlage besitzen, der muss sofort nach dem Fang die Rückstände von Säure oder Erbrochenem von dem Schädel entfernen, am besten mit einem Tuch und Wasser. Wenn man sich zu viel Zeit dabei lässt, wird einem das Fell versaut: es frisst sich förmlich ein. Das hängt sich dann auch keiner mehr ins Wohnzimmer. Und die Darmentleerungen muss man halt wegfegen. Das liegt dann aber alles in Ihrer Verantwortung.«

Der Installateur richtete sich nun auf und ging zur Zaunpforte.

»So, haben wir dann noch irgendetwas vergessen? Ich glaube nicht.«

»Das beruhigt ungemein.«, gab Thesos erleichtert zu, als er

36

gerade dem Installateur gefolgt war und jetzt vor ihm auf dem Bürgersteig stand.

»Das mag sich jetzt vielleicht alles sehr kompliziert anhören, aber glauben Sie mir, das ist alles nur halb so wild. Man gewöhnt sich dran! Dann wünsche ich erstmal viel Spaß und vor allem natürlich viel Erfolg!«

Der Installateur umarmte Thesos zum Abschied, drückte rechts und links einen Kuss auf seine Wangen und verschwand danach so schnell, dass für Thesos keinerlei Raum für eine angemessene Reaktion blieb. Im Übrigen war es so: Je häufiger er gedrückt und geküsst wurde, desto mehr entwickelte er eine Abscheu gegen sämtliche Begrüßungsrituale, da konnte selbst ein Händedruck schon zu viel sein.

Wenn nicht von jeher die gute Erziehung ihm geboten hätte, Tätlichkeiten unter Verschluss zu halten, wäre er am liebsten jedem, der ihm zu nahe kam, mit Anlauf in sein Gesicht gesprungen.

Mittlerweile war der Installateur verschwunden. Jetzt wollte Thesos es wissen. Er schaute in den Vorgarten des gegenüberliegenden Anwesens und sondierte die unscheinbare Anlage. Er brauchte nur die Haustür zu untersuchen und fand auch gleich den vermuteten Endanschlag. Das mit den Rindern war ihm noch nicht wirklich klar. Der Nachbar drüben sollte es wissen, denn dessen Anlage sah nicht wirklich neu aus, wie eigentlich fast alle Fangkonstruktionen, die Thesos in seiner kurzen Zeit in der Gegend gefunden hatte.

Er überquerte die Straße, durchschritt die Nachbarpforte und gelangte über den winzigen Vorgarten, der im Übrigen seinem eigenen in Form und Ausmaß gleichkam, zur Eingangstür. Er musterte die messingfarbene Klingel, das passende Namensschild und entnahm der Aufschrift, dass er der neue Nachbar der Familie Meyer war. Thesos klingelte, und nach einigem Rascheln im Inneren des Hauses öffnete sich dann die Haustür.

»Schönen guten Tag, Sie müssen wohl der neue Nachbar sein, der von drüben, oder?«, begrüßte ihn eine reifere Dame mit Umarmung und Küsschen, nicht wirklich alt, auch optisch war sie noch nicht von der Bettkante zu stoßen, aber deutlich älter als Brauers Tochter, die zumindest in Thesos' Augen unabhängig von ihrer Oberweite die personifizierte Jugend darstellte, wohingegen Thesos altersmäßig irgendwo dazwischen einzuordnen war.

»Ja, der bin ich, Thesos ist mein Name.«

»Ich weiß. Der Techniker hat es mir vorhin erzählt. Sie haben sich ein schönes Gerät einbauen lassen. Damit werden Sie sicher Freude haben.«

»Und genau deswegen muss ich Sie mal kurz stören. Ich habe nämlich noch keine wirkliche Erfahrung mit diesen Anlagen.«

»Das ist kein Problem. Kommen Sie einfach rein und nennen Sie mich Lore!«

Die Frau öffnete ihre Haustür bis zum möglichen Anschlag, presste sich daneben und zeigte damit deutlich den Weg, der Thesos ins Innere führen sollte.

»Ich darf Sie doch Konrad nennen, oder?«

»Ja, sicher ... Lore.«

Thesos huschte an ihr vorbei, ließ dabei einen kleinen Eingangsflur zurück und landete direkt in einem Wohnzimmer. Die Temperatur war deutlich höher als im Flur. Ein kleiner Ofen stand in einer Ecke und knisterte vor sich hin.

Der Raum wirkte ein wenig zugestellt. Die schwere Couch, zwei hohe Ohrensessel, der strahlende Ofen und ein kräftiger Holztisch nahmen dem Zimmer die Größe, die ein bezahlter Innenausstatter vermutlich besser herausgearbeitet hätte.

Die rothaarige Lore stand jetzt neben ihm und stemmte die Hände in die eh schon sehr schmale Taille.

»Darf es was zu trinken sein?«

Sie blickte freundlich zu ihm hoch.

»Nein, danke, ich will auch gar nicht lange stören. Ich hab nur eine Frage zu den Tieren.«

»Zu welchen Tieren?«, fragte sie.

»Na, die Schafe und Rinder, die für die Anlage ...«

»Ach so, was ist denn mit denen? Ich hab Ihre Anlage schon bewundert, mächtiges Teil. Ich glaub, die würde auch mit 'nem Elefanten fertig werden. Ist ja auch etwas neuer als unsere. Die machen da ja enorme Fortschritte in der Entwicklung!«

Thesos glaubte, ein Strahlen in ihren Augen zu entdecken.

»Das kann sein, aber ... Woher kommen denn diese Tiere bloß?«, forschte er weiter.

»Na, von der Straße.«

»Das ist mir schon klar, doch die müssen ja von irgendwo herkommen, um von der Straße in den Fänger zu laufen!«

»Die werden durch den *Beutehof* gestellt. Der wird hier nur so genannt. Das ist ein kleiner Hof am Ortsrand, und von dort werden die Tiere direkt durch die Ortschaft getrieben. Ansonsten betreiben die dort Zucht und so – keine Ahnung.«

»Und was hat es nun mit dem Treiben der Tiere durch die Ortschaft auf sich? Ich hab noch nie davon gehört!«

»Das ist hier schon seit jeher üblich. Das sind Ortstraditionen. Die Fallenstellergemeinschaft ist da immer federführend, geht ja auch auf deren Wurzeln zurück.«

»Was ist denn das für ein Klub, diese Fallenstellergemeinschaft?«

»Wie der Name schon sagt, handelt es sich um eine Zunft von Fallenstellern, Jägern und Naturliebhabern. Alle und alles sehr traditionsverbunden. Ist ein eingeschworener Haufen. Wissen Sie, Konrad, Vereinsleben hält solche kleinen Dörfer am Leben, weshalb die Gemeinschaft auch außerhalb des engeren Kreises sehr hohes Ansehen genießt.«

»Ich komm aus einer größeren Stadt«, erklärte Thesos.

»Dann ist Ihnen das ja auch nicht wirklich geläufig«, entschuldigte Lore ihn.

»Ich habe eine Einladung zum Stammtisch erhalten!«

»Oh, das ehrt Sie. Wirklich, das ist ungewöhnlich. Der engere Kreis prüft meist sehr gewissenhaft, was in der Regel mit längeren Wartezeiten verbunden ist. Ich will Ihnen das ja nicht absprechen, aber es ist sicherlich ungewöhnlich und kann eigentlich nur für Sie sprechen. Das freut mich für Sie, damit steigen natürlich auch Ihre Chancen schnell, im Ort anerkannt zu werden, also Anschluss zu finden. Ach, sagen Sie, haben Sie bereits einen Veranstaltungsplaner?«

Lore ließ ihn mitten im Wohnzimmer stehen, verschwand kurz in einem Nebenzimmer, wie Thesos vermutete, und ermöglichte ihm damit eine genauere Untersuchung ihrer Wände.

Alle Wände waren rot gestrichen, unter der Farbe war die Raufasertapete klar zu erkennen. Dass es sich um ein Fachwerkhaus handelte, war von außen nicht zu erkennen, dafür allerdings in diesem Raum umso mehr. Die Balken ragten in dunklem Braun aus der Umgebung und drückten damit noch stärker auf das Wohnzimmer. An der hinteren Zimmerwand fand jedoch die Übersättigung ihre Steigerung: dunkle Farbe, noch dunklere Holzbalken und in den Zwischenräumen posierende Tierköpfe. Die präparierten Schädel waren auf einer Messingplatte befestigt – das Einzige, was an dieser Wand schimmernde Helligkeit reflektierte – und füllten so nahezu sämtliche Flächen zwischen den Balken aus. Auf den ersten, entfernten Blick erkannte Thesos ausschließlich große und dunkle Tierköpfe, und es drängte sich ihm der Gedanke auf, dass etwas außenstehendes Licht die Sache anders aussehen lassen könnte, doch als er sich an diese Wand herangewagt hatte, stellte er fest, dass die großen Rindsköpfe tatsächlich ausschließlich schwarzes oder zumindest sehr dunkelbraunes Fell besaßen. Thesos kannte nicht den Unterschied zwischen Bulle und Stier, es gab wohl einen, doch reichte ihm der Anblick eines großen und gehörnten Schädels. Egal, ob nun Bulle oder Stier, die massigen Schädel und die riesigen Hörner nötigten ihm einen gehörigen Respekt ab.

Thesos ertastete mit dem Zeigefinger eine dünne aber erkennbare Staubschicht, die eine der Schädeltrophäen überzog.

»Die sind schon einen Tick älter – unser ganzer Stolz ... Schöne Exemplare, aber halt alles Vergangenheit!«, sagte Lore, den Raum überraschend betretend.

Sie blieb hinter Thesos stehen, der immer noch mit seinem Finger im Fell herumstocherte. Er wollte gerade den Finger zurückziehen, als sie sagte:

»Ach, fassen Sie ruhig an! Sie werden denen schon nicht mehr Schaden anrichten als die Zeit in diesem Haus, oder? Aber es freut mich, dass sie jemandem noch auffallen.«

»Das sind ja ganz schöne Brocken! Das glaubt man ja nicht, wenn man sie so aus der Entfernung sieht«, staunte er.

»Früher hat unsere Anlage diese Größe noch bewältigt. Aber heute? Nein, nein, dafür ist sie nicht mehr geeignet. Mit den Jahren verliert eine Anlage an Stabilität, wissen Sie, was das Haus samt Fundament dann meist büßen muss. Achten Sie mal drauf, wenn Sie die Straße entlanggehen! Bei einer alten Anlage können Sie meist auch Risse in der Hausfassade erkennen. Die Opfertiere werden nicht mehr richtig gehalten und befördert und hinterlassen damit irreparable Spuren. Sobald das Haus instabil wird, eignet es sich auch nicht mehr für die Treibjagd. Man kann zwar noch drin wohnen, keine Frage, aber wer weiter jagen will, braucht ein frisches Haus. Wir haben jedenfalls das Jagen aufgegeben.«

Sie betrachtete die ausgestopften Köpfe und schwieg kurz.

»Hier ist Ihr Planer!«

Sie reichte ihm einen Prospekt.

»Tja, danke … Aber wofür ist der?«

Thesos beäugte das mehrfach gefaltete und farbige Papier.

»Da finden Sie sämtliche Veranstaltungen rund um die Treibjagd. Es ist immer ein Quartal abgebildet. Sie können also daraus entnehmen, wann Sie Ihren *sTroM* aktivieren müssen, um teilzunehmen. Meist ist auch angegeben, welche Tiere für den jeweiligen Durchgang zur Verfügung stehen, also welche die begehrtesten Fänge sind. Für den Profi sind das überaus wichtige Informationen. Für den Laien ist es aber immerhin interessant. Also Sie brauchen auf jeden Fall einen solchen Planer! Leider kann ich Ihnen aber keinen aktuellen anbieten. Dieser hier ist aus dem letzten Quartal. Wir sind halt nicht mehr die Zielgruppe, aber Sie können den hier ja trotzdem erst einmal mitnehmen, sich damit vertraut machen, und wenn Sie dann eh beim Stammtisch sind, greifen Sie sich einfach einen neuen ab. Ich glaub, die haben genug davon. Kann ich sonst noch irgendwas für Sie tun?«

»Erst mal nicht, meine ich.«, sagte Thesos und verstaute den alten Planer.

»Na dann, auf gute Nachbarschaft!«

Lore zog ihn nun an sich, umarmte ihn und drückte sich von unten sehr fest an ihn heran, ließ danach kurz locker, um ihm rechts und links einen leichten Kuss zu verpassen, und sagte:

»Ich geleite Sie noch hinaus.«

Sie hielt die Tür schon weit auf, als Thesos sich direkt im Hauseingang noch einmal zu ihr umdrehte.

»Eine Frage hätte ich da aber noch. Diese ganzen Umarmungen, also zur Begrüßung und zum Abschied – sind die normal hier?«

»Ich meine, die sind normal, ja, aber Ihre Frage lässt darauf schließen, dass es wohl nicht überall so gehandhabt wird, oder?«

»Ich bin das nur nicht gewohnt … Man ist ja auch nicht mit jedem so eng befreundet, um ihm gleich ins Gesicht zu springen, oder?«

»Nehmen Sie's einfach als Ortstradition, davon werden Sie sicherlich noch viele hier finden, und abgesehen davon wissen Sie ja auch nie, was nach einem ersten Treffen alles passieren kann.«

Lore korrigierte ihre roten und widerspenstigen Haare und reichte Thesos die Hand.

»Dann machen wir es so, wie Sie es bevorzugen!«

Sie ging einen Schritt vor, und er ergriff ihre Hand zum Abschied.

»Und das sagt Ihnen jetzt eher zu?«, fragte Lore, während sie seine Hand schüttelte.

»Kommt immer drauf an«, entgegnete Thesos, der nun ihre Hand losließ und einen Schritt rückwärts aus dem Eingang trat, jetzt also wieder vor dem Haus der Familie Meyer stand.

»Na dann, man sieht sich, Konrad, und denken Sie an den Planer!«, sagte Lore und verschloss die Eingangstür.

Thesos schaute zuerst auf die schwere Tür und ließ seine Blicke schweifen und musterte anschließend die gesamte Hausfront, die wie von Lore beschrieben von vielen feinen Rissen durchzogen war, die allerdings aus der Entfernung betrachtet kaum auffielen. Gut, dass die Anlage außer Betrieb war, dachte sich Thesos: eine weitere Belastung könnte die Nähte platzen lassen und das Haus zum Einsturz bringen.

DAS RUNDUM-
SORGLOS-PAKET

Eigentlich wollte sich Thesos am nächsten Tag zeitig aufma-
chen, um noch vor dem Stammtisch die ersten Schritte in
seiner neuen Tätigkeit als Grabausheber zu bestreiten, denn es
war der 13. März, Stammtischtag, doch ganz so wie geplant lief es
dann doch wieder nicht. Viel zu spät war er aus seinen provisorischen Federn gestiegen. Ein Pappkarton als Unterlage und eine
kratzige Wolldecke mussten vorerst genügen, doch auch das half
nicht, pünktlich das Haus zu verlassen.

Er hatte bereits den Komposthaufen hinter sich gelassen und
fand danach tatsächlich dahinter einen schlichten, flachen Bau.
Die Wände waren weiß, Fenster waren keine zu entdecken. Ein
jeweils schwarzes Kreuz neben der mittig angebrachten schwarzen Doppeltür ließ auf die Leichenhalle schließen. Seitlich war
ein Holzschuppen angebracht. Thesos hatte ihn sich eigentlich
größer vorgestellt, doch als er in Gedanken das benötigte Mate-
rial zum Unter-dieErde-Bringen durchzählte, merkte er, dass der
kleine Holzbau vollkommen ausreichen musste. Wenn man nicht
genau nachdachte, spielte einem die Vorstellung so manchen
Streich, dachte er sich und ging zielstrebig auf den Eingang des
Flachbaus zu.

Auf der Eingangstür stand auf einem unauffälligen Plastik-
schild: *Zur letzten Ruhe gebettet.*

»Wieso? Ich war doch noch gar nicht hier!«, scherzte Thesos
und versuchte erst einmal sein Glück ohne Schlüssel. Und siehe
da, die Türe öffnete sich, und er betrat die Halle.

Pfarrer Kaufmann hatte Recht behalten. Die Leichenhalle war
offen. Der Pfarrer schien seine Herde zu kennen.

Thesos vermutete eine Vorhalle oder etwas Ähnliches, doch er
stand jetzt, nachdem er die Tür zugedrückt hatte, inmitten einiger

Särge. Es war ein hoher Raum. Gegenüber dem Eingang, wo Thesos stand, waren zwei lange Kerzenständer aufgestellt. Und zwischen diesen war ein Kranzgesteck an die kahle Wand gelehnt. Die Holzsärge waren ordentlich auf an den Außenwänden stehenden Rollwagen aufgereiht. Er hatte mit einer Art Andachtsraum gerechnet, doch es war eher eine sehr schlicht gehaltene Leichenhalle.

Beim Passieren der mobilen Särge viel ihm an jedem ein handschriftlicher Zettel auf, der mit Tesafilm auf dem Sargdeckel fixiert war. Als er hinten an den Kerzenständern angekommen war, riss Thesos vom letzten Sargdeckel den Zettel ab.

Abgestellt seit: 11.03.07
Bearbeitet bis spätestens: 14.03.07
Beerdigt spätestens fünf Tage nach Abstellung!
Bearbeitung beinhaltet: Arm, links; Bein (inkl. Kniegelenk), links
Abgabe über Postfach 88733 – 111 (z. Hd. Herrn Heigelst)

Die Daten waren von Hand ausgefüllt. Er schaute sich in der Halle um und zählte sechs Särge. Er ging zu dem ersten, von der Tür als erste zu erreichenden Sarg und las den Zettel.

Abgestellt seit: 10.03.07
Bearbeitet bis spätestens: 13.03.07
Beerdigt spätestens fünf Tage nach Abstellung!
Bearbeitung beinhaltet: Arm, links; Bein (ohne Kniegelenk), links; Fuß, rechts.
Abgabe über Postfach 88733 – 111 (z. Hd. Herrn Heigelst)

Thesos vermutete, dass irgendeine Bearbeitungsreihenfolge dem System zugrunde lag, was sich schließlich durch einen weiteren Blick auf einen anderen, weiter hinten liegenden Sarg bestätigte. Es war wohl tatsächlich so, dass die vorderen, nahe dem Eingang gelegenen Särge als erste bearbeitet werden mussten, was zur Folge hat, dass sämtliche Neuzugänge erst einmal hinten anstehen müssen. Ähnlich wie im Supermarkt, wo die alte Ware immer ganz vorne steht. Dieses System war für Thesos nachvollziehbar, und es machte sich nach dieser Feststellung in ihm ein gewisser

Stolz über seine Entdeckung breit, weil ihm auch ohne Anleitung dieser Durchblick gelungen war.

Für eine Leichenhalle roch es erstaunlich gut. Er suchte die Erklärung dafür in den verschlossenen Särgen, die offensichtlich geruchsbindend waren.

Er richtete seine Aufmerksamkeit auf den ersten, also ältesten Sarg und studierte erneut das Merkblatt.

So wie es aussah, hatte Thesos noch Zeit mit dem Unter-die-Erde-Bringen dieses Toten, gleichwohl das Bearbeiten für den heutigen Tag angesetzt war. Allerdings argwöhnte er wieder eine dorfinterne Eigenart, die ihm als Neuling vorerst verschlossen bleiben musste, doch er erinnerte sich an die Worte seines Arbeitgebers, dass alles Nötige in der Leichenhalle zu finden sei. Also sah er sich nochmals um.

Nach kurzer Zeit entdeckte Thesos in einer Ecke neben dem Eingang ein kleines Tischchen an der Wand. Darüber hing eine Pinnwand, und neben dieser war ein großes Blatt Papier angebracht, das von Weitem wie ein Lageplan aussah und sich tatsächlich bei näherem Herantreten auch als solcher entpuppte. Es war der mehrfarbige Grundriss der Kirche, der sich auch auf den anliegenden Friedhof erstreckte; es waren sämtliche Gräber darauf markiert sowie die freien Plätze für neue. Doch dann stolperte er über ein Papier auf dem Tisch mit der Aufschrift *Bearbeitung und Zustellung in der Praxis*. Genau das hatte er gesucht.

Leitsätze:

Sämtliche Bearbeitungen sind ausschließlich am leblosen Körper vorzunehmen. Der Begriff leblos ist gleichzusetzen mit tot, was wiederum nur durch einen Mediziner festgestellt werden darf.

Des Weiteren sind sämtliche Bearbeitungen des leblosen Körpers nur mit dafür vorgesehenem Werkzeug durchzuführen.

Die Bearbeitung ist spätestens nach drei vollen Tagen abzuschließen. Danach ist von einer Bearbeitung abzusehen.

Bis dahin war der gesamte Text mit Schreibmaschine verfasst und wirkte wie eine sehr allgemein gehaltene Anweisung, die nicht wirklich für Einsicht sorgte. Doch mit dem Abschnitt *Notizen* folgte in kritzliger Handschrift die etwas persönlichere Note.

Notizen:

Das Fallbeil ist in dem Schuppen zu finden. Verpackungsmaterialien, Tü-
ten und Pakete, sind ebenfalls dort im Hängeschrank untergebracht. Achten
Sie darauf, dass die bestellten Bearbeitungen immer separat verpackt wer-
den. Jede Bestellung in eine Tüte, gut verschließen und dann in ein Paket.
Noch am gleichen Tag zur Post! Wichtig!

Auch dieses entwirrte nun nicht wirklich, aber er entschloss sich,
alles auf den Schuppen zu setzen, nahm also die Anweisung vom
Schreibtisch, ging zum Sarg zurück, schnappte sich auch dort das
am Deckel befestigte Schreiben und schaute sich nach einer Zug-
möglichkeit für den Sarg um. Thesos lief einmal um den Rollwagen, auf dem der Sarg lag, und fand dabei auf der gegenüberliegenden Wandseite die erhoffte Lenkstange.

Thesos rangierte den Leichenwagen zur schwarzen Doppeltür
und ließ die Türen in der vollen Öffnung einschnappen, um problemlos aus der Halle zum Holzschuppen rollen zu können, den
er mit einem von Pfarrer Kaufmann übergebenen Schlüssel auf-
schloss.

Der Schuppen maß nur wenige Quadratmeter und zeichnete sich
durch fehlendes elektrisches Licht aus, das durch das in die Ritzen
der Bretter eindringende Tageslicht ersetzt werden musste.

Der Schuppen stand direkt an der Leichenhalle, was bedeute-
te, dass eine Wand des Schuppens zugleich die Außenwand der
Leichenhalle und damit die lichtundurchlässige und stabilere
Komponente in diesem Bau darstellte. An dieser Wand hingen
ein Spaten, eine Schaufel und eine Harke. Jedes dieser Werkzeuge
wurde mit einem Loch im Stiel und einem Nagel in der Wand
fixiert und baumelte mit der Arbeitsseite nach unten, zum Schot-
terboden hin.

»Sie sind aber bereits früh hier! Das freut mich!«, schlug dem
Thesos eine bekannte, tiefe Stimme in den Rücken.

Erschrocken drehte er sich um.

»Herr Kaufmann! Sie haben mich aber erschreckt! Ich dachte,
Sie wären auf Reisen.«

Thesos fasste sich an den Brustkorb und versuchte durch diese
Geste den plötzlich gestiegenen Herzschlag zu beruhigen.

»Das dachte ich auch erst, doch ich hatte einen meiner Termine verschlafen, was zu einer kurzfristigen Planänderung führte, und so dachte ich mir, ich schau mal nach dem Rechten. Und Sie? Kommen Sie soweit klar? Ich kann Ihnen jetzt Rede und Antwort stehen!«, lachte der Pfarrer und rückte dabei seine Krawatte zurecht.

»Eigentlich ist alles klar. Ich habe mir einfach den ersten Leichenwagen geschnappt und wollte mir jetzt mal den Schuppen ansehen.«

»Ist das der vom zehnten?«, erkundigte sich Pfarrer Kaufmann.

»Ähm … Ja, der wurde am 10. März abgestellt«, bestätigte Thesos.

»Wer ist es denn?«, bohrte der Pfarrer weiter nach.

»Das kann ich Ihnen auch nicht sagen, stand nirgends drauf … und aufgemacht hab ich den Sarg auch noch nicht. Hätte nichts gebracht, kenn ja eh keinen hier!«, lachte Thesos und reichte den Zettel vom Sargdeckel dem Pfarrer entgegen.

»Da stand nichts drauf? Zeigen Sie mal her!«

Pfarrer Kaufmann griff sich den Zettel, holte eine Lesebrille aus der Innentasche seiner Jacke und überflog das Blatt mit hastigen Augen.

»Doch, da steht es doch: *z.Hd. Herrn Heigelst*! Sehen Sie!«

Er hielt Thesos den Zettel vor die Nase und unterstrich dabei den Namen mit seinem Zeigefinger.

»Ach, so, ich dachte Sie sprachen von dem Insassen hier«, entschuldigte sich Thesos. »Den Namen habe ich vorher auch gelesen. Ich konnte allerdings mit dem Bearbeiten und Verpacken noch nicht wirklich was anfangen.«

Thesos zeigte auf den angesprochenen Zettel, der sich noch immer in der Hand des Pfarrers befand.

»Na, dafür bin ich nun hier. Ich bin im Bearbeiten derzeit gut geübt, denn die letzten Monate habe ich diesen Part mitübernommen. Ist, glaube ich, auch ein bisschen zu viel am Anfang, also für jemanden, der wie Sie … ortsfremd ist.«

Pfarrer Kaufmann knüllte den Zettel in der Hand und trat einen Schritt näher an Thesos heran.

»Aber wir haben uns ja noch gar nicht begrüßt! Gut sehen Sie aus! Ich hoffe, Sie haben die erste Nacht gut überstanden«, setzte Pfarrer Kaufmann fort, packte Thesos an den Schultern und drückte ihm die trockenen Lippen auf seine Wangen.

»Es läuft alles super!«, versicherte Thesos und dachte, dass es wohl keinen Sinn mache, sich gegen dieses Ritual zu wehren.

»Dann kommen Sie, ich zeig Ihnen, wie es geht!«, sagte der Pfarrer und entknüllte den Sargdeckelzettel. »Alles, was Sie wissen müssen, steht auf diesen Zetteln. Wichtig ist, dass binnen drei Tagen die Bearbeitung abgeschlossen ist. Ich möchte Ihnen aber empfehlen, nicht wirklich früher anzufangen. Das Bindegewebe ist am ersten Tag noch viel zu widerspenstig, man hat dann nur unnötig Arbeit. Der dritte Tag nach Abstellung reicht vollkommen, glauben Sie mir. Als Erstes schauen Sie, was an Bearbeitung gefordert ist. Diesem Blatt hier entnehmen wir: *Arm, links; Bein (ohne Kniegelenk), links; Fuß, rechts.* Das ist dann schon mal die halbe Miete.«

Thesos folgte mit staunendem Gesicht der routinierten Einweisung.

»Jetzt bringen Sie den gewünschten Sarg nach draußen. Das haben Sie ja bereits: gut so. Und bitte: niemals in der Leichenhalle bearbeiten! Das machen wir meist hinterm Schuppen. Also, dann greifen Sie sich mal die Wanne da und folgen Sie mir!«

Pfarrer Kaufmann nahm die Lenkstange des Rollwagens und zog diesen über die Wiese entlang des Holzschuppens. Zuvor zeigte er auf eine schwarze Plastikwanne im Schuppen. Die Wanne war ungefähr einen halben Meter tief und hatte einen Durchmesser von fast einem Meter, vielleicht auch mehr.

Thesos folgte nun hinter den Holzanbau, wo der Pfarrer bereits den Rollwagen auf dem Rasen positioniert hatte und danach eiligen Schrittes zurücklief.

»Packen Sie mal mit an!«, sagte der Pfarrer und verschwand im Schuppen.

Thesos stellte die Wanne nun neben den Rollwagen ins Gras und eilte zu Pfarrer Kaufmann zurück.

»Das Fallbeil muss ebenfalls mit raus. Packen Sie mal auf der anderen Seite an! Geht zu zweit einfacher.«

Thesos stand im Schuppeneingang und sah, wie der Pfarrer hinter einem mit Spinnenweben behangenen Rasenmäher mit den Händen auf Kniehöhe und einem Katzenbuckel ein mannshohes Gerät in Angriff nahm.

»Na, los, kommen Sie!«, ermunterte er Thesos.

»Bin schon da!«, rief Thesos und nahm die gleiche Haltung wie der Pfarrer ein.

Er fand auch sofort Halt und konnte mit den Fingern untergreifen, musste allerdings im Gegensatz zu Pfarrer Kaufmann recht stark in die Knie gehen, um stabil halten zu können.

»Also, wie folgt: Wir heben gleich leicht an. Dann gehen Sie voran, und ich folge. Denken Sie an die Deckenhöhe! Man verschätzt sich hier leicht. Und denken Sie bitte auch an das Messer, was derzeit im gespannten Zustand ist: nicht, dass wir es durch eine Unachtsamkeit auslösen.«

Der Pfarrer schmunzelte und rollte mit den Augen nach oben. Thesos schaute sehr verrenkt zum Pfarrer und folgte seinem Blick. Über beiden blitzte ein blank geschliffenes Fallmesser. Es sah nicht sonderlich groß aus, doch ließen die Höhe und die dazugehörige Geschwindigkeit einiges an Wucht vermuten.

»Keine Angst: Solange Sie nicht Ihre Gliedmaßen dazwischen halten, bleiben Sie vollständig!«

»Man muss es ja gar nicht erst soweit kommen lassen, oder?«, erwiderte Thesos und begann danach mit einem »Ich hebe!« die Fallbeilnummer.

Wie durch den Pfarrer vorgegeben, arbeiteten sich beide bis zu dem Holzbau vor.

»Dann lassen Sie mich mal kurz überlegen!«, grübelte Pfarrer Kaufmann. »Ja, wir haben alles! Wie gesagt, es ist wichtig, dass Sie den Zettel vorher studieren, denn nicht immer gibt es Bearbeitungen. Und dann können Sie sich dieses Geschleppe sparen … Keine unnötige Arbeit machen! Jetzt wird es Zeit, den Leichnam zu begutachten. Also auf mit dem Deckel!«

Der Pfarrer stand bereits am Sarg und riss auf sein Kommando den Deckel nach oben.

An dieser Stelle zeigte sich, dass Thesos recht behalten sollte. Schlagartig breitete sich ein Gestank hinter dem Schuppen aus, der in Thesos einen unmittelbaren Würgereiz auslöste. Er konnte aus seiner geringen Entfernung, maximal drei oder vier Meter, noch keinen Blick in den aufgebockten Sarg werfen, doch der bestialische Geruch ließ Schlimmes erahnen. Thesos drückte die Hand fest vor den Mund und warf dem Pfarrer einen verzweifelten Blick zu. Doch der hatte keinen Blick für ihn, denn seine gesamte Aufmerksamkeit gehörte dem Sarg.

»Jetzt müssen Sie den Zustand der Leiche begutachten. Es kann nämlich vorkommen, dass die Merkzettel an den Sargdeckeln fehlerhaft ausgefüllt sind. Dann steht dort *drei Tage* drauf, aber Sie erkennen, dass so eigentlich *mehrere Wochen* aussehen. Ich will Ihnen keine Angst machen, das haben wir nur schon alles erlebt. Meist eigentlich das Ergebnis von Nachlässigkeiten. Also immer kontrollieren! Nach dem Überschreiten der drei Tage findet keine Bearbeitung mehr statt, das wollen wir weder dem Empfänger noch uns selbst antun. Los, kommen Sie, schauen Sie selbst!«, forderte ihn der Pfarrer auf, den der bestialische Gestank scheinbar völlig unberührt ließ.

Thesos hielt die Hand vors Gesicht und warf einen Blick in den Sarg. Nicht einmal ansatzweise entsprach der Leichnam seinen Vorstellungen. *Wie neu*, würde er bei einem Gebrauchtwagen sagen.

»Wie gerade umgekippt!«, sagte Thesos mit belegter Stimme, als er sich halbwegs gefangen hatte, doch dann hatte ihn die Übelkeit wieder zugeschnürt, und er schwieg.

»Ach, Herr Thesos, sagen Sie doch was! Ich bin doch auch nicht mehr der Jüngste. Nehmen Sie das hier, und entschuldigen Sie mir meine Unachtsamkeit. Wie dumm von mir!«

Pfarrer Kaufmann hatte unverhofft schnell ein weißes Tuch aus seiner engen Hosentasche gezogen und hielt es nun dem verdutzt dreinblickenden Thesos hin.

»Nehmen Sie das Tuch und binden Sie es sich um Mund und Nase. Das hilft ungemein. Ist nämlich präpariert!«

Thesos nahm das Stofftuch. Es roch eigenartig, so eigenartig, dass es selbst zwischen dem Verwesungsgeruch deutlich hervorstach, es dabei aber nicht zum Brechreiz kommen ließ. Wie befohlen wickelte er das Tuch um Mund und Nase und verknotete die Enden am Hinterkopf. Tatsächlich verflüchtigte sich der Leichengestank, übrig blieb ein unbekannter, aber ebenso dominanter Geruch.

Thesos nickte dankbar.

»Sie müssen mir meine Nachlässigkeit verzeihen. Ich reagiere nicht mehr auf diesen Gestank. Ich kann mich zwar noch an damalige Zeiten erinnern, doch es ist sehr lange her, dass ich das selbst gerochen habe. Wir tunken die Tücher jedes Mal in eine sehr flüchtige Flüssigkeit, das hält dann erstmal einige Stunden und vertreibt den Geruch sehr wirksam, aber ich vermute, es wird auch auf lange Sicht der Geruchssinn vertrieben. Aber was soll's? Ist an diesem Platz ja nicht ganz von Nachteil.«

Beide schauten nun in den Sarg. Thesos staunte erneut über das frische Aussehen des Insassen und wartete auf weitere Instruktionen.

»Den Test, den Sie auf jeden Fall immer machen sollten«, fuhr Pfarrer Kaufmann fort und legte einen Finger auf den nackten Hals der Leiche, »ist der Drucktest. So wie hier!«

Er drückte den Finger tief ins Gewebe.

»Genauso sollte es aussehen. Wenn Sie den Finger reindrücken, dann sollte das Fleisch nachgeben und sich fast nicht mehr zurückformen. Das Bindegewebe ist somit erschlafft. Damit kann man gut arbeiten. Wenn es zu elastisch wirkt, dann warten Sie einfach noch einen Tag. Sollten Sie allerdings mit ihrem Finger in den Leichnam eindringen, also auf kaum Widerstand stoßen, dann haben Sie zu lange gewartet. Ab da sollte man von einer Bearbeitung Abstand nehmen. Was wir dann auch machen! Aber dieser hier sieht gut aus!«, bestätigte der Pfarrer nochmals. »Halten Sie Ihren Finger auch mal drauf!«

Thesos tat, wie ihm befohlen.

»Kaum Spannung zu merken!«, stellte er mit nicht mehr ganz so stark belegter Stimme fest.

»Gut, hätten wir das also auch. Packen Sie ihn jetzt an den Beinen, ich nehme die Schultern! Auf drei!«

Auf vier lag dann der leblose und widerstandslose Körper auf dem Rasen zwischen Rollwagen und Guillotine.

»So, hier ist der Zettel, dann lesen Sie noch mal die Bearbeitungen vor!«

Pfarrer Kaufmann reichte Thesos den Zettel rüber.

»Ach, ja, da steht's!«, sagte Thesos. »Als erstes linker Arm, dann auch das linke Bein, aber ohne Kniegelenk, und ... den rechten Fuß. Sagen Sie, was sollen wir denn jetzt daran ...«

Er wurde von einem rauen Pfeifen unterbrochen, das in einem matschigen, dumpfen Geräusch sein Ende fand.

Thesos hatte nach diesem merkwürdigen Pfeifen den Kopf hochgerissen und seinen Blick auf den arbeitenden Pfarrer gerichtet. Es war kurz still, keiner schien sich zu bewegen.

Nach unendlich langer Zeit stellte Thesos seine Frage neu:

»Was sollen wir denn jetzt daran bearbeiten?«

Gebannt schaute er auf den Pfarrer, der inzwischen den Leichnam unter die Guillotine gezerrt hatte, oder vielmehr nur einen

Teil des Körpers, also den geforderten linken Arm, der nun nach einem erneuten Schwungholen des Fallmessers komplett vom leblosen Körper getrennt auf dem Rasen lag.

»Helfen Sie mir mal kurz beim Drehen, Herr Thesos? Und was sagten Sie?«

Pfarrer Kaufmann stand über den Leichnam gebeugt, das Messer wieder in oberster Stellung fixiert, und umfasste nun erwartungsvoll den Körper der Leiche.

»Was zum … Was machen Sie da?«, fragte Thesos wie gelähmt.

»Nach was sieht denn das hier aus, Herr Thesos! Ich mache doch Ihre Arbeit! Jetzt kommen Sie, wir haben nicht so viel Zeit, also los!«, peitschte der Geistliche ihn an, während ihm bereits die ersten Schweißperlen auf der Stirn hinunterliefen und auf den Leichnam tropften.

»Aber …!«, setzte Thesos noch einmal an.

»Nix aber, kommen Sie, bevor sich hier alles auf dem Rasen verteilt!«

Thesos fügte sich dieser letzten Anordnung und ging dem Fallbeil mit eiligem Schritt entgegen und verfrachtete das linke Bein unter das Messer. Aus dem Stumpf sickerte zäh das Blut, um dann schließlich mit dem Blutwasser im Rasen zu versickern.

»Das Kniegelenk ist hier nicht gewünscht, das heißt dann für uns: Vier Schnitte! Oben am Oberschenkelhals, oberhalb und unterhalb des Knies und über dem Fußgelenk. Und spätestens jetzt merkt man, warum Arbeitskleidung hier sehr sinnvoll ist.«

Der Pfarrer benötigte für die gesamte Bearbeitung des linken Beines keine fünf Minuten und exakt achteinhalb Fallmessereinsätze.

»Wissen Sie, Herr Thesos, die Bekleidung der Toten ist immer etwas lästig, meist muss man für den Stoff mehrmals ansetzen, allerdings würde das vorherige Entkleiden nur unnötig Zeit kosten, weshalb wir es jetzt halt so machen.«, erklärte Pfarrer Kaufmann den letzten, halben Messerschlag.

Man konnte hier eigentlich tatsächlich nur vom Schlagen reden, denn das Einzige, was hier an ein Schneiden erinnerte, war das zischende Pfeifen der fallenden Klinge. Dabei sah das Fallmesser gar nicht mal besonders kräftig aus.

»Was fehlt jetzt noch?«, fragte der Pfarrer.

»Der rechte Fuß!«, erklärte Thesos.

»Ich schlage vor, Sie probieren jetzt mal Ihr Können, oder nicht?«

»Na, gut, warum nicht, ist ja auch mein Job.«

Damit tauschte Thesos mit Pfarrer Kaufmann den Platz. Beide richteten den Leichnam neu aus. Der rechte Fuß lag nun in der kleinen Guillotine.

Oben an dem Gerät war ein schmaler Hebel, der das Messer in den freien Fall bringen sollte, welcher nun durch Thesos bedient wurde.

Pfarrer Kaufmann nickte stumm, und das Messer fiel.

Er hatte sich von dieser Aktion mehr erhofft. Auch der Pfarrer blickte nun leicht lächelnd auf das Resultat. Es war nicht einmal zum Blutspritzen gekommen. Das Fallmesser landete stumpf oberhalb des Fußgelenkes und hatte dabei kaum erkennbar lediglich den Stoff des Hosenbeines beschädigt. Bei einer Damenstrumpfhose hätte man es wahrscheinlich eine Laufmasche genannt. Fest stand, dass es hier einen Trick geben musste.

Der Blick auf den Pfarrer verriet, dass Thesos damit gar nicht so falsch lag.

Pfarrer Kaufmann kam ihm zur Hilfe.

»Sie müssen zusätzlich den Kraftverstärker nutzen! Ohne werden Sie hier nicht alt werden!«

Er wies auf einen winzigen Druckknopf neben dem Ausklinkhebel hin, der Thesos vorher verborgen geblieben war. Das gesamte Gerät wirkte nicht nur klebrig, jeder Griff legte eine Generalsäuberung nahe.

Thesos tat, wie ihm empfohlen, drückte gleichzeitig zum Hebel den Knopf und bekam danach eine ungefähre Ahnung davon, warum eine passende Kleidung hier ratsam war.

Die Klinge rammte sich mit unsagbarer Geschwindigkeit und Wucht durch den Knöchel und verunzierte Thesos' Schuhe mit einem dünnen, aber unübersehbar langen Blutspritzer. Dieses Mal blieb das Messer unbeeindruckt vom Stoff und zerriss beim zweiten Anlauf das halbe Hosenbein.

»Perfekt! Schon fast ein Naturtalent! ... Aber jetzt im Ernst, gar nicht schlecht für den Anfang. Merken Sie sich einfach: immer den Verstärker nutzen, das erleichtert gravierend die Arbeit. Nun, gut, kommen wir zum nächsten Schritt. Jetzt wird eigentlich alles wieder zurückgeräumt. Und wir brauchen die Wanne.«

Pfarrer Kaufmann sammelte die bearbeiteten Körperteile ein. Er griff sich dabei jedes einzeln und katapultierte es mit einem geübten Wurf in die schwarze Wanne. Als er den Fuß, die Teile des Beines und den Arm abgeerntet hatte, stellte sich der Pfarrer zu dem zerstückelten Leichnam und wartete wieder mit gebeugtem Kopf und Katzenbuckel, während Thesos dem Aufsammeln zugeschaut und auf weitere Instruktionen gewartet hatte. Doch es kam keine weitere Anleitung.

»Ach, warten Sie«, sagte Thesos, »bin schon da!«

Er ging dabei auf die Leiche zu und packte an der alten Stelle an.

»Bei drei! Eins, zwei …«

Es folgte ein tiefes Keuchen.

»Drei!«

Beide hoben auf dieses letzte Kommando und verfrachteten den beschnittenen Körper wieder in den Sarg, unter dem der Bollerwagen leicht wippte, als die Leiche auf den Sargboden plumpste, sich aber ganz schnell wieder fing.

»So, jetzt kümmern Sie sich am besten um die Wanne, vielmehr um den Inhalt. Und ich bringe den Sarg zurück.«

Pfarrer Kaufmann überflog noch mal den Rasen und sprintete ganz unverhofft und plötzlich zur Guillotine. Thesos folgte ihm.

»Ganz wichtig, Herr Thesos!«

Der Pfarrer hielt einen blutigen Klumpen in die Luft.

»Das Kniegelenk! So etwas dürfen wir hier nie vergessen. Gehört wieder in den Sarg. War ja auch kein Bestandteil der Bearbeitung. Und im Übrigen haben wir hier schon genug Probleme mit herumstreunenden Hunden und Katzen, da müssen wir die nicht noch zusätzlich anlocken.«

Ein treffsicherer Wurf beförderte das blutige Knäuel in den offenstehenden Sarg.

Pfarrer Kaufmann ging entspannt, so wirkte er jetzt zumindest, zum Rollwagen, gab dem Deckel einen Stups und schloss damit lautstark seine ermahnende Rede.

»Also, wie gesagt, nun müssen Sie sich um die Wanne kümmern und die Teile vom Stoff befreien. Es dürfen nur die blanken Gliedmaßen übrig bleiben«, sagte der Pfarrer und verschwand danach mit dem Bollerwagen hinter den Schuppen.

Thesos beugte sich über die schwarze Wanne, entfernte die von

Blut durchtränkten Kleidungsreste und warf diese neben sich auf den Rasen. Nach kurzer Zeit stand der Pfarrer wieder hinter Thesos, der bereits die Ärmel hochgeschoben hatte. Da seine eigene Kleidung ohnehin ruiniert war, nahm er die durch das Hochkrempeln entstandenen Flecken an den Armen nur als nebensächlich wahr.

»Nehmen Sie den Schlauch!«

Pfarrer Kaufmann stand mit einem grünen Gartenschlauch hinter ihm, der scheinbar vom Schuppen seinen Ausgang nahm.

»Danke!«

Thesos richtete den Schlauch in die Wanne und wartete.

Pfarrer Kaufmann verschwand wieder im Schuppen. Sekunden später plätscherte ein seichter Wasserstrahl aus dem Schlauch. Thesos hielt kurz inne, hoffte auf mehr Druck, entschied sich aber dann anzufangen, da scheinbar nicht mehr Wasser zur Verfügung stand. Er entfernte das Blut von den Gliedmaßen, legte diese auf der Wiese ab, kippte die Wanne mit dem Blutgemisch nach vorn über, strahlte die schwarze Wanne wieder mit sauberem Wasser aus, entleerte sie erneut und legte die gesäuberten Körperteile nach Abschluss in sie wieder zurück.

»Bin fertig!«, rief er ungerichtet nach hinten.

Sofort versiegte der Wasserstrahl.

Der Pfarrer kehrte mit einigen Mülltüten bepackt vom Schuppen zurück.

»Dann hätten wir es eigentlich vorerst!«, verkündete er.

»Sollen wir das Messer nicht noch in den Schuppen stellen?«, fragte Thesos.

»Ach, lassen Sie mal … Der Wetterbericht hat für heute Nacht Regen angesagt, und das nicht zu wenig! Wir nutzen diese Gelegenheit einfach mal zum Säubern des Geräts, kommt sowieso viel zu selten vor!«

»Na, gut«, ließ Thesos die Sache auf sich beruhen, obwohl er wusste, dass selbst der stärkste Regenguss ohne Drahtbürste hier eher nutzlos wäre.

»Ich packe die Bearbeitungen gleich noch in Pakete und bring sie dann gleich zur Post … Mein nächster Termin führt mich sowieso daran vorbei.«

Der Pfarrer schaute auf seine Uhr.

»Apropos Termin, ich muss mich sputen, es gibt noch einiges

vorzubereiten. Aber egal! Ich hoffe, dieser erste Tag hat Sie nicht ganz aus den Schuhen gehauen.«

»Ich lebe noch, wie Sie sehen, aber beim nächsten Mal bin ich besser ausgerüstet, ganz sicher!«, schmunzelte Thesos.

»So geht es den meisten, aber machen Sie sich nichts draus, ich glaube, Sie sind der richtige Mann, und darauf kommt es an, nicht wahr?«

»Dann kann ich Sie hier jetzt allein lassen?«, fragte Thesos.

»Ja, sicher! Nehmen Sie die ganzen Zettel ruhig mit, machen Sie sich mit allem vertraut und lassen Sie alles erst einmal sacken. Sie haben sich für heute schon sehr gut geschlagen!«

»Das ist hervorragend, denn ich habe ebenfalls noch einen Termin, und vorbereiten muss ich mich auch noch!«

Thesos warf einen vielsagenden Blick auf sein blutverschmiertes Schuhwerk, wobei er jetzt selber erst den entstandenen Schaden am Hosenbein feststellte. Die Schuhe waren nämlich nicht das Einzige, was in Mitleidenschaft gezogen wurde.

»Sie schließen überall wieder ab?«, fragte Thesos.

»Ich mache Ihnen hier das Rundum–Sorglos–Paket, keine Angst! Und ab morgen gehört das hier ausschließlich Ihnen!«

Pfarrer Kaufmann reichte ihm die Hand zum Abschied, die Thesos beherzt ergriff, wohlwissend, dass das folgende lästige Ritual unvermeidlich war.

Er machte sich auf den Heimweg, denn der Stammtisch nahte. Auf Höhe des Komposthaufens riss er sich das Tuch vom Gesicht, warf es auf die vordere Kante des Haufens und stellte mit dem ersten Atemzug fest, dass das bloße Wechseln seiner Kleidung nicht ausreichen würde.

FÜRSTIMMEN

Die Zeit verging erstaunlich schnell, was allerdings eher dem verspäteten Tagesbeginn zuzuschreiben war. Zu viele Informationen, Neuigkeiten und ein allgemein unbekanntes Umfeld hatten diesen ersten Arbeitstag zusätzlich beschleunigt. Dies alles schoss Thesos durch den Kopf, als er mit gebeugtem Kopf an seiner Haustür hantierte und versuchte, den ungewöhnlichen Türmechanismus auszulösen.

Er hatte bereits wiederholt ergebnislos beide Schlüssel bis zum Anschlag gebracht, als er sich des Öffnungstricks entsann, das im Entgegenwirken beider Schlüssel und dem gleichzeitigen Ziehen bestand, wobei die Eingangstür auch gleichzeitig routiniert entsichert wurde.

Thesos hatte sich bereits wieder aufgerichtet, als er hinter sich auf der Straße Geräusche vernahm: eine Mischung aus Gebrabbel und schleifendem Schuhwerk, das näher kam.

Er stand noch immer wie eingefroren vor seiner Sicherheitstür und lauschte auf das Geräusch im Hintergrund, als er sich dann doch endlich löste und einen Blick auf die Uhr warf.

»Verdammt!«, platzte es aus ihm heraus.

Im gleichen Atemzug hörte er in die jetzt überdeutlich wahrnehmbaren Stimmen das metallene Öffnen seiner Vorgartenpforte einfallen. Thesos machte ruckartig auf dem Absatz kehrt und starrte auf eine kleine Ansammlung von Menschen, die Anstalten machten, sein Grundstück von der Straße aus zu überlaufen.

Ein groß gewachsener Mann in Jägertracht stand vor ihm im Begriff, seine Arme für eine drohende Umarmung zu öffnen.

»Sie müssen der Herr Thesos sein, nicht wahr?«

Im gleichen Augenblick hatten ihn die Begrüßungsfangarme erreicht und ihn an den Jägerkörper herangezogen, um die unvermeidliche Kussapplikation zu vollstrecken. Fast kam es Thesos so vor, als fiele er dem Jäger in die Arme, so rasant überkam ihn diese Begrüßung und so rasant fand er sich vor seinen eigenen Eingangsstufen wieder.

Eine merkwürdige Stille hatte sich inzwischen breit gemacht. Scheinbar wartete man nun auf ihn.

»Ähm ... Ja!«, quetschte Thesos heraus.

»Haben Sie die Einladung nicht erhalten?«, stocherte der Jäger nach.

Thesos sammelte sich und setzte mit neuer Lockerheit an.

»Doch, doch. Ich hab mich nur in der Zeit etwas vertan, deshalb war ich gerade etwas überrascht, wissen Sie? Also nochmal von vorn: Ich bin Konrad Thesos und neu hier, wie Sie ja vermutlich bereits wissen. – Sehr erfreut!«

Er hörte sich nicht nur lockerer an, er war auch wirklich etwas lockerer geworden, denn ein leichter Blick am Jäger vorbei, ließ die ehemals so lautstarke Menschenmasse zu einer überschaubaren Ansammlung schrumpfen, wobei er sogar bekannte Gesichter ausmachen konnte.

»Ebenfalls sehr erfreut. Mein Name ist Eduard Spindel. Ich bin der erste Vorsitzende unseres Traditionsvereins der Fallenstellergemeinschaft. Dann darf ich Sie hiermit herzlich willkommen heißen. Ich hoffe, Ihnen sagt unser kleines Dörfchen zu.«

Spindel hatte Thesos zwar inzwischen von seinen Begrüßungsfangarmen befreit, stand aber immer noch als Sichtblende in offensivem distanzlosen Abstand vor ihm. Er war ein eher dunkler Typ mit dunklen Haaren, dunklem Vollbart, einer gesunden Naturbräune und wettergegerbter rauer Haut. Dieser Mann verkörperte durch und durch die Wildnis, und seine rauchige Stimme tat ihr Übriges.

»Na, ja, ich bin gerad so in der Kennenlernphase, aber es wird schon!«, entgegnete Thesos.

»Dann haben Sie also unsere Einladung erhalten. Wissen Sie, normalerweise überbringe ich so etwas Besonderes immer persönlich, aber in Ihrem Fall musste ich leider eine Ausnahme machen, kommt von Zeit zu Zeit mal vor. Gerne mach ich das zwar nicht, aber egal: hat ja geklappt!«

»Und wie komme ich zu dieser Ehre? Bin ja schließlich neu!«, erkundigte sich Thesos.

»Sie haben es bereits richtig erfasst, obwohl Sie ja, wie Sie gerade sagten, erst neu hier sind. Es ist eine Ehre, und ich finde es sehr gut, dass Sie das auch so empfinden! Wissen Sie, wer in einem traditionsträchtigen Haus wohnt, der gehört einfach zur Fallenstellergemeinschaft und umgekehrt. Da stellt sich eigentlich nur die Frage: Warum sollten wir Sie nicht einladen?«

»Dann müsste ich mich nur noch kurz frisch machen, was ich zu entschuldigen bitte, ich hab es nämlich heute nicht so mit der Zeit.«

Thesos zeigte auf seine Spritzer an den Hosenbeinen und die blutverschmierten Schuhe.

»Ach, Herr Thesos, lassen Sie nur! Wegen uns müssen Sie das nicht machen. Die Fallenstellergemeinschaft beherbergt viele Berufsbilder, und Ihrer ist wohl einer der ältesten in diesem Kreis. Leider ist er seit einiger Zeit nicht mehr besetzt. Aber nun sind Sie ja da! Dann lassen Sie uns mal reingehen, denn die Zeit zeigt kein Erbarmen und wütet ständig gegen uns!«

Herr Spindel lachte und setzte seinen massigen Körper in Bewegung.

»Wie, jetzt? Reingehen … aber … !«, warf Thesos verdutzt ein.

»Na, ja, zum offiziellen Teil natürlich, und glauben Sie mir, das kann nur in Ihrem Interesse sein.«

Spindel ließ sich durch diesen Einwand nicht bremsen und drückte Thesos beherzt, aber vorsichtig beiseite und stand, ehe er sich's versah, im kleinen Flur, nachdem er die bereits schmal geöffnete Sicherheitstür äußerst schwungvoll aufgestoßen hatte und nur knapp einen Zusammenstoß mit der Wohnzimmertür verhindern konnte.

Wie an einer Perlschnur rückte nun die Meute nach.

Es stellte sich ein weiteres Mitglied vor, dessen Aufgabe ihm allerdings unklar blieb.

»Ich hab aber noch gar nichts eingeräumt!«, rief er jetzt dem Jäger zweckloserweise verzweifelt hinterher, denn die Kellertür war bereits geöffnet worden, und der Jäger hatte schon die Kellertreppe abwärts genommen.

Von den Übrigen wurde Thesos auf die übliche vermaledeite Weise begrüßt, wobei er im rituellen Begrüßungstaumel beobachtete, wie ebenfalls ein Mann in Jägertracht an ihm vorbei in den Keller ging, doch ehe er weiter darüber nachdenken konnte, hatte sich schon Karsten Bender vor ihm aufgebaut, ihm die unvermeidlichen Wangenküsse aufgedrückt und den Endanschlag seitlich der Tür bestaunt.

»Tja, Nachbar, so schnell sieht man sich wieder! Wie ich sehe, besitzen Sie jetzt ja auch *sTroM*. Gut so!«

Abschließend klopfte Bender Thesos leicht auf den Nacken, um ebenfalls im Keller zu verschwinden und dem Nächsten Platz zur Begrüßung zu machen, doch noch während Thesos sich zur Begrüßungsinempfangnahme wieder adäquat in Stellung bringen wollte, hörte er zu seiner Überraschung:

»Wir hatten heute schon, Herr Thesos, oder erinnern Sie sich nicht?«

Tatsächlich: vor ihm stand Pfarrer Kaufmann!

»Ja, klar, was machen Sie denn hier? Ich dachte Sie hatten heute noch einen Termin?«, fragte Thesos verblüfft.

»Ja, genau diesen hier. Dann hätte ich Ihnen die Post ja auch noch zeigen können! Dann eben beim nächsten Mal.«

Der Pfarrer trug sein schwarzes, faltiges Kirchengewand mit dem weißen Kragen, welches genau wie Benders schlichter Anzug mit Krawatte und hellblauem Hemd sehr zwischen den Jägertrachten hervorstach.

Auch Pfarrer Kaufmann nahm den Weg zur Kellertreppe.

Es folgte noch ein Unbekannter in Jägeruniform, als ihm dann der letzte in der Reihe, und zwar der Herr Brauer, um den Hals fiel, ihn drückte und küsste.

»Wie geht es Ihnen, Herr Thesos? Alles gut?«

»So weit, so gut, aber dieses Völkchen lässt so manche Fragen offen!«

Thesos war genervt.

»Lassen Sie mich so beginnen …«

Thesos blickte wieder an sich herunter.

»Ich stinke, wobei ich der Meinung bin, dass es vielmehr als nur Stinken ist, ich habe verdreckte und versaute Klamotten und keine Ahnung, was so besonderes an meinem Keller dran ist, dass er hier gerade zur zentralen Sammel- und Auffangstelle dieser Ortschaft mutiert. Aber ansonsten geht es mir relativ gut.«

Herr Brauer legte ihm die Hand auf die Schulter.

»Herr Thesos, Sie dürfen das alles nicht zu eng sehen. Jedes Dorf hat so seine Macken, wodurch sich sicherlich auch so mancher Hauspreis in dieser Gegend erklären lässt. Das heißt natürlich nicht, dass ich Ihnen hier Schund vermittelt habe, aber der Hauseigentümer muss schon kompromissbereit sein. Doch das haben Sie in jeder guten Gegend. Für den Außenstehenden wirkt das immer so gewaltig. Und glauben Sie mir, das täuscht. Aber ansonsten? Hatten Sie bis jetzt Probleme im Haus?«

»Ich konnte bis jetzt noch nicht wirklich viel im Haus machen … die Möbel kommen nämlich noch. Bis dahin ist hier erst mal alles sehr provisorisch, aber … in Ordnung.«

»Ich sehe, Sie haben sich auch für das Bahla-Gerät entschieden.«, sagte Brauer mit einem flüchtigen Blick in den Vorgarten.

»Ging alles sehr schnell, man sagte mir, es sei hier der Standard!«, erklärte Thesos und rüttelte dabei zart an dem Endanschlag, neben dem er die ganze Zeit stand.

»Und einen Job haben Sie jetzt auch?«, forschte Brauer weiter.

»Ja. Woher wissen Sie das?«

»Herr Thesos, Dörfer sind klein! Und unseres ganz besonders«, lachte Brauer. »Aber Scherz beiseite, Pfarrer Kaufmann hat es mir erzählt … Ihre neue Anstellung: find ich wirklich gut. Und da wollen Sie sich beschweren? Sie haben ein Haus, verkörpern den Standard, und üben einen wichtigen und angesehenen Beruf aus. Was will man da noch mehr? Und dann kommt noch die Ehre dazu, die Ihnen heute zuteil wird. Also Herr Thesos, es läuft doch! Dann lassen Sie uns mal runtergehen!«

Brauer packte Thesos am Arm und zog ihn mit ins Haus. Blitzartig fand er sich vor seiner eigenen Kellertreppe wieder, wo er nun dem Letzten in der Reihe den Vorrang ließ, um dann an dessen Stelle die Kellertür hinter sich zu verschließen.

Der Kellerabgang war dunkel. Es war zwar Licht am Ende zu erkennen, doch verbarg die Wendeltreppe durch ihre Drehung jegliche klare Sicht. Das Licht reichte allerdings, um die Stufen zu beleuchten und einen sicheren Abstieg zu gewährleisten, was durch das starke Gefälle schon fast sinnlos erschien. Thesos hielt sich am Holzgeländer fest und stabilisierte damit jeden einzelnen Schritt. Vor ihm kämpfte sich Brauer hinunter, der zwar ebenfalls mit klammernder Hand fixierte, die Treppe jedoch deutlich schneller meisterte.

Thesos hatte dieses Objekt erworben, ohne wirklich jede Einzelheit an diesem Haus studiert zu haben. Der erste Eindruck genügte ihm und war ausschlaggebend für den Kauf, dabei hatte er dem Keller mangels Interesses wenig Aufmerksamkeit geschenkt und sich lediglich nach der Trockenheit, nach möglichem Pilzbefall oder anderer Schäden erkundigt, die durch Undichtigkeit entstehen konnten, wobei er in allen Fällen eine zufriedenstellende Antwort erhielt, was ihm bis dahin genügt hatte. Auch der mögliche Stauraum war ihm nicht wichtig erschienen. Er war kein Kellersteller und wollte es in diesem Eigenheim auch nicht werden, denn er erachtete diese Form der Unterbringung als zu schädigend für sein Hab und Gut: Ungeziefer, Nässe und modriger Geruch, das alles waren keine akzeptablen Bedingungen, vor allem, wenn man einen Dachboden besaß, und er besaß einen solchen.

Er folgte seinem eiligen »Vorgänger« und hoffte, dass der Keller nicht zu schlimm aussah, um diesem Anlass, was für einer es auch immer sein mochte, zu entsprechen und nicht sofortiges Entsetzen auszulösen.

Thesos hatte gerade die Wendeltreppe passiert und stand wieder auf festem Boden, als ihn das nackte Entsetzen traf. Eine solche Regung hätte er von seiner erzwungenen Besucherschaft erwartet, doch offensichtlich war er der Einzige, dessen sprachloser Blick ihre Augen traf.

Eine ungeheure Wärme blockierte jeden weiteren Schritt. Thesos hatte mit einem kalten und schlecht ausgeleuchteten Unterbau gerechnet, doch scheinbar war genau das Gegenteil der Fall. Es war weitaus wärmer als in seinen Wohnräumen, dabei war der Keller seinen Vorahnungen entsprechend keineswegs eng und beklemmend, sondern weit und erstaunlich hoch. Die Deckenhöhe entsprach einem gesunden Ausmaß. Die Raumaufteilung allerdings war gewaltig. Der Keller erstreckte sich unter dem gesamten Haus und maß damit die gleiche Grundfläche, dabei wurde die eigentliche Größe hier durch die fehlenden Zwischenwände vermittelt. Das, was oben durch Zwischenwände in Küche, Wohnzimmer, Flur und Badezimmer unterteilt wurde, war im Keller ein einziger, weiter Raum. Ein Blick zur gegenüberliegenden Wand warf sogar fast die Vermutung auf, dass Thesos' hinteres Grundstück ebenfalls unterkellert war, allerdings konnte es auch angesichts der überwältigenden Ausmaße eine bloße Täuschung sein.

Sehr zentral, nur wenige Schritte von der Treppe entfernt, teilte ein langer Tisch den Kellerraum in zwei nahezu gleich große Bereiche. An dem Tisch war Platz für ungefähr zwanzig Mann, das konnte Thesos vorerst einmal grob schätzen. Ein späterer und genauerer Blick ergab durch Zählen der dicht an den Tisch herangerückten einzelnen Stühle genau zweiundzwanzig Plätze, zehn auf jeder Seite und an den beiden Spitzen jeweils ein etwas größerer Stuhl mit hoher Lehne. Noch an der Treppe stehend begutachtete er die weißen und sehr uneben verputzten Wände, die glücklicherweise keine Wasserflecken aufwiesen. Die einzelnen Steine waren unter dem Putz deutlich auszumachen und gaben dem Ganzen eine rustikale Optik. Der Kerzenschein verbreitete sogar eine gewisse Romantik. Über dem langen Tisch waren zwei glänzende Kronleuchter angebracht, beide mit brennenden Kerzen bestückt, die den Ruß an die Decke warfen. An den Wänden waren in gleichmäßigen Abständen zweiarmige Kerzenleuchter angebracht, deren flackerndes Licht einige Bilder, überwiegend Jagdmotive, gespenstisch illuminierten.

Thesos stellte sich unschlüssig neben den großen Tisch, an dem Spindel inzwischen auf dem hohen Stuhl an der Spitze des Tisches Platz genommen hatte. Die anderen waren sehr lückenhaft um den Tisch verteilt.

»So, meine Herren …«, begann Vorsitzender Spindel mit Blick in die Runde. »Wie Sie alle unschwer erkennen können, haben wir heute nur das eher schmale Gedeck aufgefahren, weshalb wir diese Sitzung auf das Notwendigste beschränken! Da allerdings mein Vertreter ebenfalls anwesend ist«, bei diesen Worten schlug Spindel Pfarrer Kaufmann, der seitlich von ihm saß, mit beachtlicher Wucht auf die Schulter, »sind wir ja beschlussfähig.«

Noch beachtlicher war allerdings, dass der eher gebrechlich wirkende Pfarrer die Attacke mit einem geradezu jugendlichen Lächeln wegsteckte.

»Gibt es sonst vorab irgendwelche Anträge?«, fragte Spindel und sah prüfend in die große Runde, um schließlich bei Thesos hängen zu bleiben. »Herr Thesos, setzen Sie sich einfach zu uns. Am besten hier neben mich!«, sagte Spindel und rückte den Stuhl einladend zurecht. »Nun, gut, dann beginne ich mit meinen Punkten«, fuhr Spindel fort und kramte einen gefalteten Zettel aus seiner Seitentasche. »Als Erstes möchte ich natürlich Herrn Konrad Thesos in unserem Kreis begrüßen. Im Anschluss, und sicherlich über den kommenden Abend hinaus, wird er uns Frage und Antwort stehen. Aber vorab kann ich sagen, dass sich mit Herrn Thesos der Kreis wieder schließen wird, was uns alle hier, und glauben Sie mir, Herr Thesos, auch die heute nicht Anwesenden, wirklich freut! Bevor wir allerdings dem offiziellen Teil entgleiten, stelle ich als ersten und auch einzigen Punkt heute Herrn Thesos' Mitgliedschaft zur Abstimmung. Zwar fehlt der Schriftführer jetzt, aber mein Vertreter wie auch ich werden darüber wohlwollend hinwegblicken. Wie die Satzung es vorgibt, reicht zur Neubestimmung eines Mitgliedes die bloße Anwesenheit des Vorsitzenden und dessen Vertreters, damit sehe ich also keine Probleme. Gibt es Gegenstimmen?«

Es folgte wieder ein wandernder Blick in der Runde.

»Ich stelle fest: Keine! Gibt es Fürstimmen?«

Sämtliche Arme gingen hoch.

»Ich stelle fest: Sechs Stimmen dafür! Damit gibt es auch keine Enthaltungen. Also für das Protokoll: Konrad Thesos tritt mit einstimmiger Mehrheit der Fallenstellergemeinschaft bei.«

Der letzte Satz wirkte etwas routiniert und ausdruckslos, was Thesos voll und ganz der Form zuschrieb, doch als plötzlich der Vorsitzende von seinem Stuhl aufsprang, wurde er ebenfalls mitgerissen, instinktiv stand er nun neben Spindel, der sich gleich beim Aufrichten zu ihm ausgerichtet hatte und ihn kraftvoll in die Arme schloss. Der Pfarrer hatte sich ebenfalls von seinem Platz erhoben, nicht ganz so ruckartig, eher leise und heimlich, trat neben einen kleinen Schrank und stand nach der intensiven Umarmung jetzt neben beiden.

»Herr Thesos, ich gratuliere Ihnen zu Ihrer Mitgliedschaft und wünsche Ihnen in der Zukunft alles Gute. Wir haben hier noch ein kleines Präsent, natürlich mit der Urkunde. Sie erhalten jetzt von uns die Fallenstelleranstecknadel und ich stecke Ihnen die dann auch mal gleich an!«

Der Pfarrer reichte Spindel eine sehr fein gearbeitete Anstecknadel, nicht größer wie ein Fingernagel, worauf Spindel diese sofort am Kragen von Thesos befestigte.

»Damit gehören Sie jetzt zu uns! Und hier ist die Urkunde. Macht sich immer gut über dem Schreibtisch.«, ergänzte der Vorsitzende noch, während er jetzt wieder Thesos' Hand schüttelte. Alle nahmen wieder Platz.

Nochmals richtete Spindel das Wort an Thesos:

»Ich hoffe, Sie sind sich als Grabausheber Ihrer wichtigen Position bewusst?«

»Welcher Position denn?«, fragte Thesos mit einem zusätzlichen Blick auf den Pfarrer, der daraufhin reagierte.

»Das weiß er noch nicht. Ich konnte ja gestern noch nicht ahnen, dass er auch als Mitglied vorgesehen ist!«

»Das ist doch wohl selbsterklärend, oder nicht, Herr Kaufmann?«, schaltete sich Spindel ein. »Der Grabausheber fehlt ja nicht erst seit gestern, oder wollten Sie ewig zweigleisig fahren?«

Erneut richtete sich Spindel an Thesos.

»Sie müssen wissen, der Grabausheber ist seit jeher ein fester Bestandteil dieser Gemeinschaft. An diesen Beruf ist somit auch das Amt des zweiten Vertreters untrennbar geknüpft. Seit einiger Zeit fehlt uns der Grabausheber. Während dieser Zeit hat Herr Kaufmann natürlich sowohl die Tätigkeit als Grabausheber wie auch den Posten des zweiten Vertreters wahrgenommen. Da Sie nun noch zusätzlich dieses Haus erworben haben, sind Sie natürlich wie geschaffen dafür, weshalb ich vorhin sagte, dass sich mit Ihnen der Kreis wieder schließt, denn es ist noch sehr viel länger her, es müssen schon Jahrzehnte sein, dass der Grabausheber auch zugleich Bewohner des Küsterhauses war. In diesem Zusammenhang kann man wohl nur von einer glücklichen Fügung sprechen. Damit entlasten Sie Pfarrer Kaufmann gleich auf zweierlei Art!«

»Aber keine Angst, Herr Thesos, auch in diesen Posten werde ich Sie noch zu gegebener Zeit umfassend einweisen.«, beruhigte Pfarrer Kaufmann aus dem Hintergrund.

»Sagen Sie, Herr Thesos, wie sieht es eigentlich mit Familie bei Ihnen aus? Die haben Sie uns ja noch gar nicht vorgestellt!«, wechselte Herr Spindel abrupt das Thema.

»Ja, wirklich, jetzt wo wir hier sind!«, ergänzte der Pfarrer wie nebenbei und löste damit am Tisch ein kollektives bestätigendes Kopfnicken aus.

»Was verstehen Sie denn unter Familie?«, unterbrach Thesos die wartende Stille.

»Frau, Haus, Hund, Kind, halt das übliche Beiwerk!«, erklärte der Spindel etwas verdutzt.

»Ich kann derzeit eigentlich nur das Haus bieten, bei dem Rest muss ich Fehlanzeige melden«, grinste Thesos, »aber es wird daran gearbeitet!«

Es schien, als hätte nicht jeder der Anwesenden diesen kleinen Scherz sofort verstanden. Noch kurze Zeit später schauten ihn verbitterte Blicke an, auch seinem Grinsen, welches eigentlich nur als verdeutlichende Untermalung dienen sollte, fehlte es an Wirkung. Um die entstandene Unsicherheit zu überspielen, sprang Pfarrer Kaufmann rasch in die Bresche.

»Als Junggeselle mit Haus sollte es doch kein Problem werden. Ich wüsste sogar schon eine Kandidatin!«, sagte Pfarrer Kaufmann und warf Brauer einen vielsagenden Blick zu.

»Wie, Mariechen? Ich weiß nicht«, reagierte Brauer aus seinem leicht in sich versunkenen Grübeln heraus.

»Warum nicht, Wolf? Alt genug ist sie doch«, drängte der Pfarrer weiter.

»Ja, schon ... »

Brauer schaute auf seine im Schoß gefalteten Hände.

»Du hast doch erzählt, dass die beiden sich bereits kennengelernt haben. Und verstanden haben sie sich doch auch. Also.«

Pfarrer Kaufmann ließ nicht locker.

Brauer schien sich weichklopfen zu lassen, was daran zu erkennen war, dass er seinen grübelnden Blick ablegte und sich jetzt Thesos offen zuwandte.

»Na ja, ein Haus hat er ja, Einkommen ist auch vorhanden. Was allerdings besser sein könnte ...«

Brauer warf dem Pfarrer einen ermahnenden Blick zu.

»Was nützt auch das Ansehen, wenn die Kassen leer sind! Das solltest du sogar noch besser wissen als wir hier. Aber zumindest hat er eine ansehnliche Stellung.«

Jetzt richtete sich Brauer direkt an Thesos.

»Sagen Sie, wie alt sind Sie eigentlich? Das ist ja nicht ganz unerheblich!«

Auch wenn Thesos die ganze Zeit im Mittelpunkt dieser Betrachtungen stand, so kam diese konkrete Anfrage jetzt doch sehr überraschend.

»Ich«, antwortete Thesos stockend, »geh auf die Dreißig zu, und das natürlich immer rasanter!«

»Das heißt im Detail?«, drängte Brauer mit starrer Miene.

»Das heißt, ich bin genau ... 28 Jahre alt.«

»Das ist dann ja doch schon einiges an Altersunterschied«, stellte Brauer wieder etwas nachdenklicher fest.

»Aber meine Herren, bevor wir den Herrn Thesos hier noch weiter verschachern, sollten wir, so glaube ich, den offiziellen Teil hiermit beenden und zum leiblichen Wohl übergehen«, unterbrach Spindel und erhob sich dabei von seinem massigen Stuhl. »Wir wollen doch nicht, dass uns unser neues Mitglied für einen windigen Heiratsbasar hält, abgesehen davon gibt es nach dem Essen noch Zeit und Platz genug für solche Dinge.«

TRINKGELD

So schnell, wie sein Haus gestürmt wurde, wurde es auch wieder verlassen. Stühle wurden rangestellt, sämtliche Kerzen gelöscht, und Thesos war dabei nicht einmal der Letzte, der sein Haus verließ. Angesteckt von der Hektik, riss Thesos seine Jacke vom Haken und hastete den anderen nach, als gelte es, um sein Leben zu laufen. Allen voran eilte der Vorsitzende Spindel, Thesos reihte sich dicht hinter ihm ein.

Sie liefen in Richtung der Gastwirtschaft. Das vermutete Thesos zumindest, denn er kannte sich in diesem kleinen Dorf nicht einmal ansatzweise aus.

Nach einer Weile verhielten sie und verfielen allmählich in ein forciertes, marschähnliches Gehen, bis sie schließlich zu einem normalen, wenn auch zügigen Schritt zurückfanden und wie von einer fernen Regie aus gesteuert sich zu lebhaft diskutierenden Zweierpärchen formierten. Einzig Thesos folgte als Nummer Sieben von alldem unbenommen in stummer Aufmerksamkeit den Diskutanten. Zu Anfang beunruhigte ihn der Marsch auf der Straße, doch mit der Zeit legte sich dieses Gefühl.

Es war bereits später Nachmittag, wenn nicht sogar schon früher Abend, und es waren keine Autos unterwegs, die einem den Platz auf der Straße streitig machen konnten. Sie passierten einige Querstraßen, bogen dann auch mal in eine solche ein und gingen dabei unverändert an unzählig vielen Autos vorbei, die am Straßenrand parkten. Thesos versuchte sich den Weg zu merken, was ihm eigentlich nicht sehr schwerfiel, denn zum einen hatte er einen passablen Orientierungssinn und zum anderen konnte er sich den ganzen Weg über ungestört auf den Rückweg konzentrieren, der ihm ja irgendwann unweigerlich bevorstehen würde.

Sie liefen bereits eine ganze Weile, als sich plötzlich etwas Unvorstellbares auftat. Zuvor waren sie ausschließlich an Einfamilienhäusern mit Hofeinfahrten und Vorgärten vorbeigekommen, aber nun lichtete sich dieses Bild, die Gruppe lief einem schier endlosen Marktplatz entgegen, und Thesos bestaunte die riesigen Gebäude darauf.

Die Straße endete an einem Kopfsteinpflasterplatz, auf dem sich nun die gesamte Fallenstellergemeinschaft weiter in unbekannter Richtung fortbewegte. Thesos musste erst einmal stehen bleiben, denn dieser Anblick traf ihn doch sehr unerwartet. Mitten auf dem Platz thronte eine burgähnliche Kirche, sehr alt, er vermutete mindestens sechs- oder siebenhundert Jahre alt, wenn nicht sogar mehr, ähnlich der Kirche, die an seiner neuen Arbeitsstelle stand, doch deutlich größer und höher und ohne angrenzenden Friedhof, ein wesentlicher Faktor, der auf besseren Geruch hoffen ließ.

»Ähm ...«

Thesos versuchte, die laufende Meute auf sein Staunen hinzuweisen.

»Wo bleiben Sie denn, Herr Thesos? Wir haben Durst!«, rief Herr Spindel.

Die Gemeinschaft blieb stehen und erkannte nun wohl auch, dass der Thesos doch schon ein ganzes Stück hinter ihnen lag.

Als Thesos wieder zu ihnen aufgeschlossen hatte, fragte er Pfarrer Kaufmann:

»Wo sind wir denn hier?«

»Das ist der Klosterplatz, das Zentrum unseres kleinen Dorfes. Und dort sehen Sie unsere mittelalterliche Klosterkirche, unser Prunkstück.«

Der Pfarrer zeigte auf den Burgbau.

»Leider hat unsere kleine Kirche nicht ganz so viele Mittel zur Verfügung, sonst sähe sie sicherlich fast genauso schick aus, vermute ich mal. Also, Herr Thesos, kommen Sie jetzt, wir haben nämlich reserviert, und bei dem Wirt sind Zeiten nun mal Auflagen!«

Pfarrer Kaufmann hakte sich unter Thesos' Arm und setzte damit die kleine Gruppe wieder in Gang.

Es war ein gewaltiger Platz, der scheinbar kein Ende zu nehmen schien. Eiligen Schritts liefen sie auf das Kloster zu, doch je rascher sie liefen, desto weiter rückte dieses, wobei der unerhörte Vorgang in dem Umstand lag, dass das Kloster mit zunehmender

Entfernung immer größer wurde, sich die Herannahenden quasi durch eine aller Erfahrung widersprechender zur Entfernung umgekehrt proportionaler Perspektive vom Leibe hielt, wobei Thesos in den Sinn kam, dass die Leibfeindlichkeit andererseits einem Kloster ja gut zu Gesicht stand. Die Klosteranlage war von vereinzelten Bäumen umfriedet, sie wirkten aufgestellt, denn sie sprossen scheinbar unerwartet zwischen dem rücksichtslosen Kopfsteinpflaster hervor, über das zu Thesos' Verwunderung zahlreiche Menschen liefen. Doch seine größte Verwunderung verdankte sich der Tatsache, dass sie offensichtlich die Distanzfalle überwunden hatten und die Anlage sich ihnen nicht mehr während der Annäherung entzog. Thesos konnte sich nicht erinnern, dass er bis jetzt in dem Dorf schon jemals so viele Menschen auf einmal gesehen hatte.

»Wo müssen wir denn jetzt genau hin?«, erkundigte sich Thesos beim Pfarrer.

»Die Wirtschaft befindet sich im ehemaligen Klosterkeller, bedauerlicherweise heißt sie jetzt allerdings *Zur wilden Sau*. Wir sind aber gleich da, nur Geduld!«

Pfarrer Kaufmann hatte recht: Nach kurzer Zeit standen sie vor dem Eingang der Gastwirtschaft. Thesos hatte zwar mit einem Gang entlang des langen Kirchenschiffs gerechnet, was eine Ankunft im Gastraum deutlich verzögert hätte, doch dann tat sich plötzlich ein Nebeneingang auf, massiver als so mancher Haupteingang, dabei als massive Sicherheitstür ausgelegt. Die schwere Holztür, die nun an ihren Eisenscharnieren aus dem Gebäude bewegt wurde, knarrte standesgemäß, wie es sich für eine uralte Tür gehört. Es war bereits leicht dämmrig draußen, als Thesos den Eingang durchschritt und auf einer steinernen, unebenen Treppe nach unten geführt wurde, wobei der kahle und kalte Abgang das Zufallen der schweren Tür gespenstisch verstärkte und sich wie ein bedrohlicher Alb im Rücken ausmachte.

Im dunklen Treppenabgang klangen die Stimmen der Fallensteller wie aus einem tiefen finsteren Brunnen. Der erste der Fallenstellermeute öffnete am unteren Ende eine weitere Tür, die schlagartig Licht auf die Steintreppe warf. Thesos vermutete, dass es Spindel war, der jetzt ins Licht trat. Sogleich steigerte sich auch der Lautstärkepegel, der auf ein reges Treiben schließen ließ. Im Hintergrund hörte man umfangreiches Stimmengewirr, Gläser und Getrampel, dessen Klang auf einen Holzfußboden hindeutete. Noch bevor Thesos auch nur etwas gesehen hatte, war er bereits akustisch voll im Bilde.

Der Pfarrer drückte ein wenig von hinten, und nun stand auch er mitten im Lokal. Hier war es deutlich wärmer als auf der Treppe, schon fast so wie in seinem Keller, nur eben noch viel weitläufiger. Auf den Tischen hatte man überall Kerzen angezündet. Thesos konnte nirgends eine elektrische Beleuchtung ausmachen.

Die Stimmen hatten nicht getäuscht, es war doch einiges los, was sich in Anbetracht der weiten Restaurationsfläche vielleicht relativieren mochte, doch wenn man sich die Mühe machen und durchzählen würde, käme man sicher auf eine beträchtliche Anzahl an Gästen. Thesos hatte bereits begonnen, die Kundschaft zu zählen, als er abrupt durch das Erscheinen des Wirtes, eines übergroßen, stämmigen und schwerfälligen Mannes davon abgehalten wurde, der nun auf die im Eingang wartende Fallenstellerzunft zuging.

Spindel eröffnete das Gespräch und brachte den schwitzenden Mann damit zum Stehen.

»Wir benötigen heute nur den kleinen Stammtisch, wir machen heut nur die kleine Runde.«, instruierte der Vorsitzende.

»Soll mir recht sein, ist heut eh recht voll« entgegnete der Wirt und wischte sich mit dem Handtuch, welches er um den Nacken gelegt hatte, einmal quer durch sein Gesicht. »Dann nehmt ihr einfach die Acht! Die ist noch frei«, entschied der Wirt und verschwand wieder Richtung Tresen.

An diesem Tresen, der vor einem gläsernen Regal mit unzähligen Spirituosen stand, waren mehrere Hocker aufgestellt, auf denen die Einzeltrinker platziert waren. Als nun der Wirt hinter seinem Tresen verschwand, gab er noch zuvor dem äußersten Einzeltrinker einen Schlag mit der flachen Hand auf den Rücken, was wohl eher solidarisch gemeint war, allerdings selbst aus der Entfernung, in der Thesos noch stand, sehr schmerzhaft aussah.

Thesos konnte der Tischinstruktion nicht viel entnehmen und hätte im Übrigen auch auf mehr Gastfreundlichkeit getippt, doch es schien der Fallenstellerzunft zu genügen, die sich gleich nach dem Abgang des Wirtes auf den Weg in den tiefen Raum machte. Scheinbar wusste man, wo es hingehen sollte. Wie schon den gesamten Weg, folgte er ihnen, und sie kamen auch ohne Zutun des Wirtes zu dem gewünschten Tisch Acht, der durch ein kleines Tischschildchen mit der Zahl Acht gekennzeichnet war.

Jeder nahm nun Platz, auch Thesos nahm sich dieses Mal den erstbesten Stuhl.

Kurz darauf schwankte der Wirt dem Fallenstellertisch entgegen.

»Was darf es sein?« fragte er und zupfte an seinem weißen, verschwitzten Hemd.

Thesos wurde langsam klar, weshalb der Wirt so schwitzte, denn allmählich stieg ihm selbst die bullige Wärme schon zu Kopf.

»Eine Runde Bier für alle erst mal. Die geht auf mich!«, begann Spindel, während Thesos noch immer den Tisch nach einer Karte absuchte, auch den Nachbartisch ließ er dabei nicht verschont, fand aber keine Bestellhilfe.

Der Wirt machte sich auf zu seinem Tresen, wo Thesos aus dem Augenwinkel den vordersten Einzeltrinker erkennen konnte, der mit der Faust auf den Tresen zu schlagen begann und Selbstgespräche zu führen schien, wobei er offensichtlich mit seinem Alter Ego in Streit geraten zu sein schien, möglicherweise auch mit dem Wirt, das war nicht so genau auszumachen, denn der Wirt blieb in seiner stoischen Ruhe davon völlig unbeeindruckt, auch wenn der Solotrinker so laut seine Faust auf den Tresen gehämmert hatte, dass es bis zum Stammtisch zu hören war.

Währenddessen begannen wieder die Pärchengespräche. Thesos blieb an der Acht als Nummer Sieben isoliert zurück. Diese Position verschaffte ihm jetzt allerdings die Möglichkeit, das Gewölbe weiter zu studieren. Als er bei dem langen Nachbartisch angelangt war, der von der Ausdehnung her sehr dem Tisch in seinem Keller entsprach, stellte Thesos fest, dass die Fallenstellerzunft hier nicht ganz allein war. Die Neun wurde von einem greisenhaften, dem Eindruck nach bereits weltentrückten Mann mit schulterlangem, struppigen, graubraunem Haar besetzt, das ihn so umwucherte, dass kaum etwas von seinem Gesicht zu erkennen war, was zusätzlich durch die Tatsache erschwert wurde, dass er völlig zusammengekauert am Tisch hockte.

Die erste Runde Bier schlug auf dem Tisch auf.

»So, die Herren, es ist angerichtet. Die nächste Runde wird vorbereitet!«, polterte der Wirt von der Seite und schleuderte dabei förmlich die Bierkrüge über den Tisch, wobei er anschließend mit seiner verdreckten Schürze über die Tischkante wischte, die einen guten Schluck mitbekommen hatte.

»Gut so, und die geht dann auf mich!«, tönte Bender dem Wirt lautstark hinterher, als dieser schon fast wieder beim Solotrinker angekommen war.

Spindel erhob sein Glas und den Körper gleich mit, gefolgt von seiner Zunft, die den Raum mit kräftigem Stühlerücken und lautstarken Trinksprüchen zustopften.

»Dann lassen Sie mich das Wort ergreifen ...«

Spindel blickte in die Runde, um kurz darauf den Blick ziellos durch den Raum schweifen zu lassen.

»Also, ich erhebe das Glas auf unser neues Mitglied, Herrn Thesos, und natürlich wie immer auf unsere Gemeinschaft, Prost!«

Thesos hatte jetzt mit einem Anstoßen der Gläser gerechnet, das kannte er zumindest als eine gängige und ehrliche Sitte, doch die Fallenstellergemeinschaft stand nur um den Tisch herum und hob das Glas noch mal eine Etage höher, bevor sie sich das Bier in den Hals warfen.

Die nächste Runde Bier schwankte wieder auf den Stammtisch zu. Thesos hatte bereits aus dem linken Augenwinkel den herannahenden Wirt beobachtet, mit dem rechten betrachtete er sein Glas und die Gläser der anderen. Sämtliche Gläser auf dem Tisch waren nahezu geleert, sein Glas dagegen nicht einmal im Ansatz: Er war halt kein trainierter Trinker, und so setzte er seufzend noch mal zum großen Schluck an.

Der Wirt stand fordernd an der Tischkante und wartete, bis auch der letzte, also in diesem Fall Thesos, sein Glas geleert hatte, und versorgte die Runde anschließend mit neuem Bier.

»So, es geht weiter ... Wünsche guten Schluck. Die nächste ist schon in der Mache!«, sagte der Wirt und ging mit den leeren Gläsern zum Tresen zurück.

Es kehrte Stille am Tisch ein. Jeder hielt das neue, volle Glas mit ganzer Hand. Aber man schien auf etwas zu warten. Sogar der Wirt wirkte gedimmt.

»Die geht dann auf mich ... Also, die nächste Runde!«, brach es plötzlich aus Thesos heraus, der selber nicht genau wusste, warum er so hervorpreschte, vielleicht wollte er sich einbinden, vielleicht drückte auch diese fordernde Atmosphäre. Abgesehen davon war es ja eine kleine Runde, und so teuer konnte es schon nicht werden, dachte er und lehnte sich jetzt etwas erleichterter auf seinem Stuhl zurück.

»Ach, Herr Thesos, lassen Sie mal, ich mach das schon!«, schlug ihm von der Seite Brauer auf den Nacken. »Dann mal auf uns und die nächste Runde!«, rief Brauer und erhob sein Glas; anschließend wurden die Gläser sehr grobmotorisch auf dem Tisch abgestellt. Schon wieder waren die meisten fast geleert. Bevor Thesos sein Glas abstellte, setzte er noch mal an, jetzt konnte er sich aber mit seinem Pegelstand bei den anderen sehen lassen und warf einen stolzen Blick in die Runde.

Der Wirt war verdammt schnell: Schon bahnte sich die dritte Runde ihren Weg. Kurz entschlossen vernichtete Thesos den letzten Pennerschluck.

»Also bei der nächsten Runde warten wir erst mal, wir geben dann Zeichen, danke!«, bremste Pfarrer Kaufmann den Wirt, der gerade mit seinem »Halstuch« den Tisch grob überwischte.

»Das ist verstanden. Sie geben Bescheid, und es geht weiter, meine Herren!«, rapportierte der Wirt, drehte sich weg und marschierte zum Tresen.

Nun begannen wieder die Zweiergespräche. Thesos verspürte eine Hand auf seiner Schulter, die seinen Körper samt Blick zu sich zog.

»Herr Thesos, da wir ja nun fast miteinander verwandt sind … Also ich bin der Wolf! Sie können mich Wolf nennen. Ich hoffe, ich darf Sie Konrad nennen«, sagte Brauer, der damit Thesos zu einem Zweiergespräch verpflichtete.

Wie in Zeitlupe wanderte Brauers Glas auf Thesos zu, für den nun genug Zeit blieb, das eigene Glas zu ergreifen, um gegen das heranschwebende Brauersche Gefäß anzustoßen, doch bevor Thesos die Gefäßwand des Brauerschen Bierglases berühren konnte, hatte dieser es schon trinkbereit am Mund angesetzt.

»Klar, Sie können mich Konrad nennen, aber wieso verwandt?«, fragte Thesos leicht begriffsstutzig. Er hoffte nicht, dass es an den schnellen Bieren lag.

»Konrad …«

Brauer schaute in sein angebrochenes Glas und nippte daran.

»Ich habe mich dazu entschlossen, Sie in meine Familie aufzu-

74

nehmen. Ich glaube, Sie würden sich da ganz passabel schlagen … Und das mit meiner Tochter, das kriegen wir noch hin, keine Bange, die ist ganz ihre Mutter … Aber ich will Ihnen die Sachen jetzt ja nicht gleich wieder verderben!«, lachte Brauer und zog Thesos noch etwas zu sich.

»Was kriegen Sie mit Ihrer Tochter hin?«, erkundigte sich Thesos, der zwar im Vorfeld die Hochzeitsplanung bereits mit verfolgt hatte, sie allerdings nicht wirklich ernst nahm, abgesehen davon gehörte auch noch ein weiblicher Part zu einer solchen Vereinbarung, aber ein solcher war nicht in Sicht.

»Oder finden Sie sie nicht gut?«, drängte Brauer und nahm einen kräftigen Schluck aus seinem Glas.

»Was meinen Sie mit *gut*? Ich kenne sie doch kaum, eigentlich gar nicht!«, entgegnete Thesos und nahm ebenfalls einen großen Schluck aus seinem Glas, er vermutete nämlich, dass er diesen hier noch brauchen würde.

»Ach, kommen Sie! Ich hab Sie Ihnen doch schon vorgestellt. Am Haus. An Ihrem Haus. Sie erinnern sich?«

»Na ja, mehr als 'ne flüchtige Begrüßung war das aber nicht, Wolf!«

»Das sah für mich aber ganz anders aus! Also, was is'?«, fragte Brauer grinsend in sein Bierglas. »Jetzt komm, sag schon, he?«, drückte er weiter.

»Was?«

Thesos versuchte, durch einen verstörten Blick seine Frage noch etwas zu untermauern.

»Na, die Brüste, die sind doch in Ordnung, oder? Mariechen trägt zwar immer so kaschierende Kleider, aber, da steckt einiges dahinter, sage ich dir. Der Hintern sollte dich eigentlich auch ansprechen. Dazu noch die schmale Taille. Was wünscht sich ein Mann mehr, oder?«

Auch wenn Thesos die Vorstellung noch sehr absurd vorkam, ertappte er sich während Brauers Beschreibung, wie er das schon fast verschwommene Bild von Mariechen nach Brustweite und Taillengröße absuchte.

»Sie ist zwar manchmal etwas anstrengend, halt ihre Mutter, und ich muss sie manchmal bremsen, aber Sie sind ja noch jung, Konrad, Sie kriegen das schon hin! *Wir* kriegen das schon hin … Aber jetzt trinken wir erst mal noch einen!«

Brauer riss den Arm nach oben, worauf der Gastwirt prompt reagierte.

»Und weiter geht's!«, tönte der Wirt, der kurz darauf am Tisch stand und die Neuverteilung vornahm.

Thesos spülte noch schnell sein Glas leer und stand bereit für Nachschub. Da Brauer noch mit der Entsorgung der Restflüssigkeit beschäftigt war, tippte Thesos Pfarrer Kaufmann an, der sich wider Erwarten ihm spontan zuwendete.

»Na, was ist, Herr Thesos?«

»Ich hab da noch mal 'ne Frage, es geht nämlich um diesen Veranstaltungsplaner«, sagte Thesos und kramte den Planer, den Lore ihm zugesteckt hatte, aus der Hemdtasche.

»Das ist aber nicht der aktuelle, oder?«, reagierte Pfarrer Kaufmann sofort.

»Nein, ich glaub nicht!«

»Sie sollten sich auf jeden Fall mit einem aktuellen Veranstaltungsplaner ausstatten, sonst sind Sie verloren!«, ermahnte ihn der Pfarrer mit seiner rauen Stimme.

»Ja, deswegen frag ich ja! Kann ich einen bei Ihnen bekommen oder sonst bei irgendjemandem hier?«, erkundigte sich Thesos.

»Ich glaub, das sieht heute eher schlecht aus. Ich guck mal bei mir, warten Sie kurz …«

Der Pfarrer wühlte unter seinem Gewand herum und legte nach kurzem Suchen einen Veranstaltungsplaner auf den Stammtisch.

»Ja, da ist er ja. Aber das ist mein Einziger, den kann ich nicht weggeben, aber wir können ja eben zusammen einen Blick hineinwerfen!«

Pfarrer Kaufmann verschob den Planer so, dass auch Thesos einen guten Einblick hatte, und wanderte mit dem Zeigefinger bis zum aktuellen Tag.

»Es interessiert Sie wohl die heutige Trophäe, was? Geht mir aber immer genauso, obwohl unsere Gemeindeanlage nicht mehr die Neueste ist, also wohl kaum die Chance hätte, etwas Großes abzugreifen, zudem ist es noch nicht einmal eine Bahla-Konstruktion. Was will man da auch erwarten? Also heute … das Übliche … Ah, hier, genau! Hier, lesen Sie vor! Da steht's!«

Thesos las vor:

»Als Grundmasse dienen Schafe. Die prämierten Fänge werden durch zwei männliche ausgewachsene Rinder gestellt.«

»Na, das ist doch schön! Zwei kräftige Stiere, das werden gute Fänge. Und das Beste ist, es gibt nur zwei zwischen all den Schafen. Meist gibt es viel zu viele Hauptgewinne zwischen all den Nieten, die Schafe mögen es mir verzeihen und der Schöpfer auch, doch was bringt einem der Gewinn, wenn jeder zweite Mitgewinner ist, das drosselt doch den Triumph. Auf der anderen Seite hat jeder mal die Möglichkeit, seine Anlage unter Extrembelastung zu testen. Das hat schließlich auch was für sich. Mir ist es allerdings so wie heute lieber«, sagte der Pfarrer, schloss seinen Planer wieder und verstaute ihn unter seiner Tracht.

»Und das ist heute?«, fragte Thesos.

»Ja, sicher, es geht gleich los!«, sagte Spindel und erhob sich von seinem Stuhl.

»So, meine Herren, ich glaube, es ist jetzt langsam soweit. Wir sollten an dieser Stelle innehalten. Jeder weiß, was es heute zu fangen gibt und gilt, und damit bleibt mir nichts weiter zu sagen als *Hoher Wurf, tiefer Fang!*«, rief Spindel und setzte sein Glas zum finalen Schluck an.

»Hoher Wurf, tiefer Fang!«, erklang daraufhin das Echo der Mitglieder.

Die Fallensteller waren bereits vom Stammtisch aufgestanden und bewegten sich in ungeordneter Traube Richtung Ausgang, als Thesos noch immer am Tisch saß und sich diese Hauruckaktion samt Grußformel *Hoher Wurf, tiefer Fang!* nochmal durch den Kopf laufen ließ.

»Sie sollten sich beeilen, um nicht den Anschluss zu verlieren!«, ertönte es von der Seite.

»Was, bitte?«, fragte Thesos abwesend.

»Sie sollten nicht als Letzter durch diese Tür gehen!«, ermahnte eine zittrige Stimme aus dem Hintergrund.

Als sich Thesos umdrehte, traf sein Blick auf den alten Mann vom Nebentisch, der sich inzwischen aufgerichtet hatte und schon etwas mehr hermachte.

»Sie verstehen mich doch, oder?«, fragte der Alte, als Thesos ihn anstarrte.

»Ähm … Ja klar, entschuldigen Sie, hier gehen gerade wundersame Dinge vor sich. So viel Spontanität muss man erst einmal verdauen!«

»Ja, ja, wer hier wohnt, muss spontan und äußerst flexibel sein, aber das werden Sie ja bestimmt schon mitbekommen haben. Apropos spontan: Sie müssen sich beeilen. Die Gemeinschaft verlässt gleich den Saal!«

Der Alte zeigte mit seiner verkrüppelten Hand auf den Ausgang, wo Teile der Gemeinschaft sowohl am Tresen als auch bereits in der weit geöffneten Tür standen. Thesos starrte gebannt auf die verkrüppelte Hand des Alten.

»Wieso?«, fragte er abwesend.

»Ich vermute mal, heute ist Jagd … Dann stehen die nämlich immer so hektisch auf«, erklärte der Alte.

»Ja, heute ist Jagd. Aber wieso muss ich mich beeilen?«

»Wegen der Jagd müssen Sie sich nicht beeilen, doch der Letzte zahlt den Stammtisch! Das wussten Sie doch, oder? Sie sahen so in Gedanken versunken aus, da wollte ich Ihnen eine Starthilfe geben.«

»Da müssen Sie sich täuschen, guter Mann, aber ich habe selber mitbekommen, wer dieser Herren welche Runde auf sich nimmt. Ich selbst habe mich sogar angeboten, wurde aber jedes Mal eingeladen. Ich glaube kaum, dass der Stammtisch auf mich geht, nur weil ich als Letzter das Gasthaus verlasse!«

»Was jetzt auch eigentlich Nebensache geworden ist, ob ich nun recht habe oder nicht.«

Der Alte deutete erneut mit der verkrüppelten Hand auf den Ausgang. »Schauen Sie, Ihre Herren sind weg, der Stammtisch geht auf Sie. Tut mir wirklich leid für Sie.«

»Das braucht Ihnen gar nicht leidzutun, ich werde Ihnen beweisen, dass Sie Unrecht haben!«, reagierte Thesos nun etwas persönlicher und erhob sich von seinem Stuhl. »Ich werde das beim Wirt prüfen!«, sagte er und marschierte zum Tresen.

Der Weg kam ihm sehr lang und uneben vor, was wohl durch die alten und aufgequollenen Bodenbretter noch zusätzlich verstärkt wurde – ein wankender, bierbeladener Wirt hinterließ halt Spuren –, aber es dauerte nicht lange und Thesos stand fordernd an der Theke.

Er versuchte es mit einer eher verdeckten Methode, er wollte weder vor noch hinter dem Tresen das Gesicht verlieren und winkte den Wirt heran, der gerade am anderen Ende Gläser spülte. Der Wirt näherte sich, trocknete dabei mit seinem Handtuch sowohl die Hände als auch das verschwitzte Gesicht und baute sich nun mit beeindruckender Masse gegenüber Thesos auf, der daraufhin erst einmal kräftig schlucken musste.

»Ich wollte mich eigentlich nur noch mal persönlich vorstellen, Konrad Thesos ist mein Name. Sie haben eine schöne Gastwirtschaft hier!«

»Besten Dank.«, erwiderte der Wirt knapp und emotionslos.

»Das war's auch eigentlich schon. Ich wünsche dann noch einen angenehmen Abend.«

Thesos war gerade im Begriff, sich auf der Stelle umzudrehen und auf den Ausgang zuzusteuern, als ihn der Wirt mit eisernem Griff festhielt.

»Sie sind nicht von hier, guter Mann?«, fragte der Wirt in ähnlich emotionsloser Art.

Thesos stockte.

»Nein, ich bin erst zugezogen.«

»Dann mach ich's kurz für Sie: Sie haben noch was offen!«

Der Wirt ließ seinen Gast los und wendete sich der recht zentral postierten kleinen Kasse zu, neben der ein Notizzettel lag, mit dem der Wirt nun auf Thesos zuging. Während dieser sehr gemächlichen Aktion kramte Thesos bereits seine Geldbörse hervor, klimperte im Kleingeld, rechnete im Kopf sein Bier zusammen – er musste wohl doch vergessen worden sein: er war ja auch der Neue – und fragte den Wirt:

»Was macht denn das Bier?«

»Dreifünfzig pro Glas!«, antwortete der Wirt schwer atmend und legte den Notizzettel auf den Tresen.

Erneut rechnete Thesos seine Biere aus, schlug noch etwas Trinkgeld auf, wobei er das Trinkgeld vielmehr als Schmiergeld betrachtete, um den Start in der neuen Umgebung etwas reibungsloser zu gestalten (er wollte keine Freunde, sondern freundschaftlichen, höflichen Umgang erkaufen), und warf noch einen vergleichenden Kontrollblick auf den Notizzettel.

»73,50?«, platzte es jetzt so laut aus ihm heraus, dass wohl selbst der alte Mann am langen Tisch alles bis ins Kleinste verstanden hatte. »73,50 plus Trinkgeld?« las Thesos laut vor.

Er konnte es kaum glauben. So etwas Dreistes hatte er schon lange nicht mehr erlebt, nicht nur, dass diese 73,50 das Ergebnis von sieben Menschen und 21 Bieren waren, nein, es wurde auch gleich das Trinkgeld mit gefordert.

»Stimmt etwas nicht, mein Herr? Sie gehören doch der Fallen-stellergemeinschaft an, oder?«

»Ja doch.«

Thesos hatte das Kleingeld in seinem Portemonnaie komplett außer Acht gelassen und widmete sich nun den Scheinen, die ihm recht übersichtlich entgegenkamen.

»Zahlen Sie sofort, oder soll ich für Sie anschreiben?«, erkundigte sich der Wirt und riss den Rechnungszettel vom Block, um ihn anschließend Thesos entgegenzuschieben.

Dieses Angebot war im Moment das Einzige, was ihn an dieser Stelle beruhigte. Nicht, dass er es nutzen wollte, aber allein dieses Entgegenbringen von Vertrauen wirkte auf Thesos leicht mildernd.

»Nein danke. Ich zahle gleich. Hier sind achtzig. Stimmt so. Und einen schönen Abend noch.«

Bevor sich Thesos aufmachte, warf er noch einen letzten Blick auf den Alten, der ihn achselzuckend erwiderte, und erst jetzt, erst durch diese asymmetrische Bewegung des Oberkörpers erkannte er das Fehlen des linken Armes, bis hoch zur Schulter, was zu Anfang der lockere Sitz der Kleidung noch kaschieren konnte.

Kopfschüttelnd verließ Thesos mit hastigen Schritten die Gast-wirtschaft *Zur wilden Sau.*

WEITERGEHEN

Zuerst fiel Thesos es gar nicht auf. Er war schon einige Minuten auf dem Heimweg und hatte bereits den Pflastersteinplatz hinter sich gelassen. Die Klosterkirche war schon lange dem Blickfeld entschwunden, als er erst beim Betreten einer Nebenstraße die Dunkelheit bemerkte.

Thesos ließ sich dadurch nicht bremsen und lief weiter die Straße runter in Richtung seines Hauses. Noch konnte er es nicht erkennen, nicht weil es zu dunkel war – es gab alle zehn Meter eine Straßenlaterne, die sogar fast alle funktionierten –, sondern weil es, wie er in Erinnerung hatte, noch recht weit entfernt lag. Wenn man auch den Heimweg in Gedanken verkürzen konnte, indem man ihn klar strukturierte und in Abschnitte einteilte, war Thesos bewusst, dass die Wirklichkeit meist anders aussah und in der Regel beschwerlicher war. Diese fehlende Übereinkunft zwischen Kopf und Fuß zeigte sich gleich an der nächsten Kreuzung, die Thesos an dieser Stelle keineswegs vermutet hatte, zumindest nicht auf dem Weg zu seinem Haus.

Plötzlich baute sich ein ihm vertrautes leises Pfeifen bis zu einer markanten und unüberhörbaren Lautstärke auf und legte sich wie ein hypnotisches Hintergrundgeräusch auf die Straße. Es mussten alle Treibjagdanlagen aus dieser Siedlung sein, dachte er. Wenn das allerdings der Fall war, war sein Platz auf dem Bürgersteig nur die zweitbeste Wahl.

Noch ehe er diesen Gedanken zu Ende gedacht hatte, war er schon auf die Straße gehüpft.

Plötzlich ertönte von der gegenüberliegenden Seite ein kräftiger Knall, und noch ehe Thesos einen überprüfenden Blick hinüberwerfen konnte, knallte es bereits auf seiner Seite. Auf jeder Seite waren nun die Fänger ausgefahren und nahmen den gesamten Bürgersteig ein, was ja Thesos bereits von seiner Anlage kannte.

Es dauerte nicht lange und es wurden überall in der näheren

Umgebung mit einem metallenen Knall die Fänger ausgeklappt, mal lauter, mal leiser. Er blickte die Straße hinunter. Überall waren nun die Fänger ausgefahren und lauerten auf Beute. Dennoch fühlte er sich auf der Straße verhältnismäßig sicher.

Die von allen Seiten kommenden lauten Knallgeräusche schallten noch immer in seinen Ohren, als sich beim ersten Zucken seines Körpers die beiden Fänger neben ihm über dem Bürgersteig regten. Sie schienen ihn gewittert zu haben und sich nach ihm ausrichten zu wollen, aber Thesos ließ sich vorerst nicht einschüchtern, denn bis auf die Straße reichten sie wohl kaum, jedenfalls tat dies seine Anlage nicht. Zumindest hoffte er es. Unbeirrt setzte er seinen Weg, nun mit erhöhter Laufgeschwindigkeit, auf der Straße fort.

Es zeigte sich, dass jeder Fänger, den er in sicherem Abstand passierte, auf ihn mit anschwellendem Summton reagierte und wie ein Lasso über den Fußweg wirbelte. Dabei erzeugte das Schlingern des Fängers zusätzlich noch einen eigenartigen Ton, der sich jedoch sehr melodisch in das Gesamtgeräusch einfügte.

Plötzlich glaubte Thesos, in der Entfernung sein Haus zu sehen. Deutlichstes Indiz dafür war der fehlende Fänger. Es war schon ein sehr seltsames Bild, wie sein Haus zwischen all den rotierenden Fanghäusern stand, scheinbar unschuldig und durch eine Straßenlaterne gut ausgeleuchtet. Es war sein Haus. Er war ganz sicher, als er nun auf der Straße direkt davor stand.

Das Haus hinter ihm, Lores Haus, hatte ebenfalls keinen Fänger postiert, was nun auch in seinem Rücken für etwas Erleichterung sorgte, jedoch ringsherum wirbelte die angehende Jagd weiter; sie schienen ihn selbst aus einigen Metern aufstöbern zu können. Thesos beeilte sich, denn er vermutete, dass es hier bald von Tieren wimmeln würde, warum waren sonst auch schon die Anlagen aktiviert?

Als Thesos auf seinen Bürgersteig zuging, begann beim Betreten des Kantsteines auf einmal seine Anlage zu pfeifen. Er erkannte sie sofort. Für solche Feinheiten hatte Thesos schon immer ein Ohr gehabt, was er jetzt zwar zu schätzen wusste, ihn aber nicht wirklich beruhigte. Er verharrte mit einem Fuß auf der Straße, mit dem anderen noch immer auf dem Kantstein des Bürgersteiges. Aus dem Augenwinkel erspähte er den Endanschlag, den er dann auch zielsicher fand. Obwohl er eigentlich keinen direkten

Blickkontakt zu der kleinen roten Warnlampe hatte, verriet die auf seiner Höhe rot bestrahlte Tür, dass sie aktiv war. Die Treibjagdanlage müsste grün zeigen oder unbeleuchtet sein, aber rot war definitiv schlecht. Die einzige Frage, die sich ihm nun stellte, war, wo der Fänger geblieben war, denn er war nicht zu sehen.

Doch für umfangreiche Fragen war jetzt kein Platz, denn plötzlich schepperte es gewaltig an seinem Grundstück. Und dann sah er, dass am Ende des Zauns der Fänger ausgeklappt worden war und die Schlaufe herumwirbelte. Blitzschnell löste sich Thesos vom Kantstein, bevor ihn die Anlage ausmachen konnte. Aber da raste der Fänger schon mit hoher Geschwindigkeit auf ihn zu. Der Fangarm rammte Thesos seitlich und schleuderte ihn auf den Gehweg, wo er sich auf dem Rücken liegend wiederfand. Der Fänger hatte immense Stoßkraft und eine gewaltige Reichweite gezeigt, weiter als am Tage der Installation, auch war er sehr viel aggressiver in der Durchführung.

Es ging alles sehr schnell.

Erneut holte der Fänger Schwung. Bei der Beschleunigung wackelte der gesamte Zaun, doch der Fangarm ließ sich dadurch nicht aufhalten, als er nun vom anderen Ende erneut Anlauf nahm.

Es blieb ihm nur, den Arm schützend über den Kopf zu legen und dabei immer die riesige Fangschlaufe im Auge zu behalten, die man am besten meiden sollte.

Der Fänger rotierte über Thesos, der jetzt die Hand noch weiter emporstreckte, denn es schien ihm wichtig, dieses Ding möglichst früh auf Entfernung zu halten.

Da legte sich die Schlaufe des Fangarmes über den Arm. Es kam Thesos vor, als geschähe alles in Zeitlupe, doch ein ruppiges, festes Ziehen an seinem Handgelenk holte ihn in die Realzeit zurück. Als er auf sein Handgelenk schaute, sah er, das sich der Fänger bereits seine hochgestreckte Hand geschnappt und mit seiner Schlaufe das Handgelenk eingeschnürt hatte. Besser als der Kopf, dachte sich Thesos, als er plötzlich ein leichtes Kribbeln im Arm verspürte, was sich zunehmend verstärkte.

Als die Sonnenstrahlen seine Augenlider zum Öffnen zwangen, bemerkte Thesos als Erstes seine unbequeme Lage. Noch bevor ihm irgendetwas in den Sinn kommen oder irgendein Bild die

Augen passieren konnte, stellte er bereits ein starkes, drückendes Ziehen in seinem rechten Arm fest, der scheinbar über seinen Kopf gezogen war und straff gehalten wurde.

Er bewegte nun leicht den Kopf. Er lag halb im Blumenbeet an der Hauswand, mit den Beinen über den schmalen Vorgartenweg bis ins Rosenbeet am Zaun stoßend. Thesos lag auf der Seite, seine rechte Schulter stützte den aufliegenden Kopf, der alle Mühe hatte sich in der Umgebung zurechtzufinden, doch in regelmäßigen Abständen entlastete er den Kopf und ließ ihn auf der Schulter ruhen.

Langsam erinnerte sich Thesos wieder, er riss seinen Kopf hoch und fand seine rechte Hand eingeschnürt und festgezurrt im Endanschlag. Die Hand war überzogen mit getrocknetem Blut, und nun merkte er, wie sich sein Herzschlag drastisch erhöhte, denn er wusste zwar, dass es seine Hand war, doch sie war taub.

Thesos zog die Beine heran, um aufzustehen, aber die immer noch schnürende Fangschlaufe hielt ihn fest.

Thesos kramte mit der anderen Hand in seiner Hosentasche herum, musste sich dabei aber erst durch das Dornengestrüpp kämpfen, das sich an seiner Hose verkrallt hatte, um Zugang zur Tasche zu bekommen. Als er einen Blick auf seine Rosen warf, erkannte er das fehlende Stück, was nun sein Bein verzierte. Er musste ganz schön hoch geflogen sein, dachte er und holte seine Fernbedienung aus der Hosentasche.

»Geht doch!«, stöhnte er, als er den Kraftakt vollzogen hatte und sich die Fernbedienung vor die Nase hielt.

Er betätigte mit dem Daumen den Aus–Knopf, woraufhin sich sofort die Schlinge der Schnüranlage von seinem Handgelenk löste und wieder einfuhr.

Jetzt hatte er deutlich mehr Spielraum und konnte nun sogar alles bis auf den rechten Unterarm bewegen, und das fast schmerzfrei.

Als er seine gefesselte Hand musterte, erkannte er, dass seine Hand wohl durch mindestens einen der Injektoren von oben aufgespießt sein musste, weshalb er sie scheinbar nicht aus dem Endanschlag befreien konnte. Thesos rüttelte leicht an seinem Unterarm und versuchte, das Gelenk zu bewegen, um seine Hand aus dem Anschlag zu ziehen, doch ohne Erfolg. Der Injektor steckte fest in der geballten Hand. Das Einzige, was er sicher wusste, war, dass die spitze Nadel bis in das Handgelenk reichte.

Da er ohnehin nichts in seinem rechten Unterarm spürte, stemmte er die Beine gegen die unterste Stufe seines Einganges, hielt mit dem linken Arm den rechten und positionierte sich mit angewinkelten Knien. Sein Oberkörper lag nun noch immer sehr weich im Beet. Es schien ihm wie die Ruhe vor einem Sturm, und genau so angespannt war er jetzt auch. Er merkte, wie sich Adrenalin in seinem Körper breitmachte und es damit auch kein Zurück mehr gab. Der Körper war bereit, dann war er es jetzt auch. Thesos ließ die Knie noch ein wenig einfedern, um dann mit ganzer Kraft an dem festgehakten Unterarm zu reißen. Er stemmte und riss und schaffte es tatsächlich, die Hand aus dem Endanschlag zu lösen. Reflexartig zog er die blutende Hand an seinen Oberkörper heran und presste die Augen zusammen. Es war wohl mehr die Angst, von Schmerzen überfallen zu werden, die ihn jetzt verkrampft ausharren ließ, denn der Akt selbst war eher schmerzlos.

Der erste Eindruck war eigentlich gar nicht so besorgniserregend. Seine stark geschwollene Hand präsentierte sich zumindest mit vollzähligen Fingern. Zwischen Mittelfinger und Ringfinger klaffte allerdings ein sehr bedenkliches Loch. Sicherlich war jedes Loch an einer Hand bedenklich, doch dieses, beziehungsweise der Dorn, der dort zuvor dringesteckt hatte, bewirkte, dass die zwei Finger unnatürlich auseinandergetrieben wurden. Jetzt war glatt Platz für einen weiteren Finger dazwischen.

Alles in allem war Thesos sehr froh darüber, dass er diese detaillierte Betrachtung schmerzfrei durchführen konnte. Er vermutete, dass dieser begünstigende Effekt durch den Strom oder die injizierten Stoffe der Anlage hervorgerufen wurde.

Er wischte mit seinem Hemd das alte und frische Blut von der Hand und tupfte dabei auch gleich das Loch ab, aus dem schon gar nicht mehr so viel Blut heraussickerte. Als er seinen Vorgarten, den Endanschlag und auch seine Kleidung nach Spuren der vergangenen Nacht absuchte, bemerkte er, dass die klaffende Wunde nur sehr wenig Blut verloren hatte. Das meiste klebte jetzt an seinem Hemd und verdankte sich seiner Hauruckaktion.

Thesos richtete sich auf und schleppte sich vor seine Sicherheitstür. Das Öffnen der Tür war wohl eher aussichtslos, zumindest mit nur einer gesunden Hand. Er überlegte kurz und entschied sich, zu Lore zu gehen, denn irgendwie musste er ja Pfarrer Kaufmann darüber informieren, dass er heute wohl ausfiel. Also lief er zum gegenüberliegenden Haus und klingelte an ihrer Tür.

»Ach, hallo Konrad!«, begrüßte ihn Lore an der Tür.

Er ging einen Schritt auf sie zu, woraufhin sie seine rechte Hand ergriff und zur Begrüßung schüttelte. Sie packte recht ruppig zu. Er konnte spüren, wie sie den Abstand zwischen seinem Mittelfinger und seinem Ringfinger verringerte und seiner Hand wieder Form verlieh, aber auch, dass sich jetzt plötzlich ein unbeschreiblicher Schmerz in seinem Arm ausbreitete.

»Diese Art der Begrüßung war Ihnen doch lieber, oder? ... Ach du liebe Scheiße!«, brach es jetzt aus ihr heraus, als sie gleichzeitig sein verzerrtes Gesicht mit seiner gequetschten Hand scannte, die nun erneut zu bluten begann und sie erschrocken einen Schritt zurücktreten ließ.

Sie holte ein Taschentuch aus ihrer Strickjacke und umwickelte seine Hand.

»Konrad, was haben Sie denn gemacht?«, fragte Lore mit großen Augen.

»Also, ich bin ... Ich bin in diese Scheißmaschine ...«

Thesos stockte, er kämpfte immer noch gegen den Schmerz an.

»Sagen Sie nicht, Sie sind in den Endanschlag geraten! Zeigen Sie mal!«

Lore hob seine Hand zu ihrem Gesicht.

»Der Injektor saß ziemlich tief drinnen, was? Haben Sie die Sicherheitskurbel benutzt, um die Injektoren zurückzufahren?«

Thesos schüttelte den Kopf.

Lore verzog das Gesicht.

»Ich müsste mal eben kurz telefonieren, wenn das ginge«, sagte er. »Ich komme nämlich bei mir gerad nicht rein.«

Sie überlegte.

»Ja, klar, warten Sie kurz! Bin gleich zurück.«

Daraufhin verschwand Lore in ihrem Haus und ließ ihn vor dem Eingang stehen.

Einige Minuten später zeigte sie sich wieder, wechselte mit einem frischen Tuch das blutige Taschentuch aus und drückte Thesos ein schnurloses Telefon in die unversehrte Hand.

»Hätten Sie vielleicht auch noch die Nummer von Pfarrer Kaufmann?«, fragte Thesos, als er das Telefon hilflos in seiner Hand betrachtete.

Lore nahm das Telefon an sich, drückte einige Knöpfe und reichte es gleich wieder zurück.

»Die ist gespeichert! ... Er wählt schon!«, ergänzte sie.

Thesos hielt das Telefon ans Ohr und erhielt ein Freizeichen.

»Kaufmann am Apparat!«, verkündete die andere Seite.

»Tag, Pfarrer Kaufmann, hier ist Konrad Thesos.«

»Herr Thesos, ich grüße Sie. Was gibt es denn?«

»Ähm ... Ich wollte eigentlich nur sagen, dass ich heute leider nicht zur Arbeit erscheinen kann, ich hatte nämlich einen Unfall.«

»Schauen Sie doch mal auf die Uhr, Herr Thesos! Es ist doch schon fast Abend! Heute bräuchten Sie eh nicht mehr kommen, oder?«, lachte er durch die Leitung.

Als Thesos auf seiner ramponierten Armbanduhr, die beim Sturz wohl so einiges mitbekommen haben musste, die Uhrzeit ablas, war er sprachlos. Sollte er denn tatsächlich so lange unbemerkt in seinem Beet gelegen haben?

»Oh ... Ich war den Tag über sehr angeschlagen, wissen Sie. Dabei muss ich wohl die Zeit vergessen haben«, entschuldigte sich Thesos und warf noch einmal einen kontrollierenden Blick auf die Uhr.

»Keine Sorge, mir ging es heute auch nicht so gut. Der gestrige Abend hat wohl bei jedem seine Spuren hinterlassen. Hätten Sie nicht angerufen, wäre mir Ihr Fehlen auch gar nicht aufgefallen. Am besten vergessen wir einfach diesen Tag und machen morgen weiter!«

»Ja, morgen sieht das bestimmt wieder etwas anders aus!«, versicherte Thesos.

»Dann sehen wir uns heute Abend!«, sagte der Pfarrer.

»Wieso? Was ist denn heute Abend?«, fragte Thesos.

»Na, der große Stammtisch, und da wollen Sie doch als neues Mitglied sicher nicht fehlen, oder? Es gibt einiges zu feiern, und Sie kennen ja auch noch nicht alle! Aber ich glaube, wir müssen uns jetzt beeilen, denn das Treffen ist bereits in einer Stunde.«

»Wieder bei mir?«, fragte Thesos.

»Nein, diesmal treffen wir uns direkt in der *wilden Sau*. Also dann bis nachher in alter Frische!«

»Ja ...«, sagte Thesos etwas abwesend und gab Lore, die bereits ein neues Tuch geholt hatte und nun wieder den provisorischen Handverband auswechselte, das Telefon zurück.

»Na, sehen Sie, es hat bereits aufgehört zu bluten. Aber das sollte sich auf jeden Fall ein Arzt anschauen, man weiß ja nie, was da noch so kommen kann! – Und, sind Sie ansonsten zufrieden mit ihrem *sTroM*?«, erkundigte sich Lore, die die alten und vollgebluteten Lappen zu einem Haufen neben ihrer Tür getürmt hatte.

»Ich weiß nicht, ob man das zufrieden nennen kann!«, antwortete Thesos und hob seine lädierte Hand.

»Das ist sicherlich sehr ärgerlich, aber Sie müssen das Ganze betrachten und über solche Unfälle hinwegsehen!«

»Leider besteht mein ganzer Erfahrungsschatz ausschließlich aus diesem Unfall. Das ist wie Auf-der-Jungfernfahrt-Gekentert! Erzählen Sie mal einem der Ertrunkenen, er solle die Seefahrt als Ganzes betrachten und sich nicht bei einem einzigen Unfall aufhalten. Das wäre sicherlich ein sehr interessantes Gespräch. Abgesehen davon hatte ich die Anlage noch nicht einmal aktiviert. Der Fänger war auch nicht ausgefahren!«

»Ich versteh Sie«, erwiderte Lore, »aber mit genügend Abstand werden Sie es sicherlich anders sehen. Und was Ihren Fänger betrifft: Ich vermute, dass Sie bereits eine der neuen, sehr benutzerfreundlichen Anlagen besitzen, die sich anhand eines einprogrammierten Veranstaltungsplaners aktivieren. Das muss dann zwar der Bediener selber machen und rechtzeitig aktivieren, aber ab da sind Sie erst einmal ein Quartal auf der sicheren Seite.«

Sie überlegte kurz.

»Das wird sicher Ihr Installateur für Sie vorbereitet haben, es ist nämlich der Service, der heutzutage überzeugt!«

»Und der Fänger? Ich habe extra darauf geachtet!«

»Herr Thesos, nicht nur die Beute wird schlauer, auch der Jäger muss umdenken und sich anpassen. Ihre Anlage nutzt wohl das Überraschungsmoment. Ich hab von solchen Apparaten gehört, bin da aber, ehrlich gesagt, nicht mehr auf dem neuesten Stand.«

»Gut zu wissen!«, antwortete Thesos mit schmerzverzerrtem Gesicht.

»Trösten Sie sich, Sie sind nicht der Erste, der in eine solche Jagdanlage geraten ist. Als ich noch jung und knackig war, ist hier ebenfalls ein Mann mit der Hand in den Endanschlag geraten. Keine schöne Sache, also für die Hand. Das geschah auch an Ihrem Haus, dem damaligen Küster. Damals waren die *sTroM*–Anlagen noch viel gefährlicher und nicht so fortschrittlich wie heute. Ich habe ihn damals noch nach dem Unfall gesehen, wie Sie jetzt, und dann nie wieder. Ist wohl weitergezogen. Verabschiedet hat er sich jedenfalls nicht. Dann stand das Haus lange leer. Danach wurde es verkauft. Tja, und so vergehen die Jahre!«

Die Erkenntnis tröstete ihn jetzt nicht wirklich. Er entfernte das Tuch von seiner Hand und warf es auf den Tuchhaufen.

»Ich darf?«, fragte Thesos, während das Tuch bereits zu der vorbestimmten Stelle segelte.

»Klar, ich räum das nachher weg. Ich bin jetzt allerdings kurz angebunden: Mein Mann und die Kinder warten, Sie verstehen? Nehmen Sie das noch mit – nur falls es wieder anfängt. Und gehen Sie zum Arzt!« sagte Lore, drückte ihm ein sauberes Tuch in die unversehrte Hand und verschwand.

Thesos machte sich ohne weiteren Zeitanhalt und Umweg zur *wilden Sau* auf und verstaute das geschenkte Taschentuch.

Schneller als gedacht, stand Thesos wieder im Blickfeld der Klosteranlage, um kurz darauf sich dem Wirt gegenüber zu sehen, der ihn bereits an der Tür zu erwarten schien.

»Tag, der Herr! Der große Stammtisch heute?«

»Ja, genau: der große!«

»Die Herren sitzen heute Abend an der Neun. Sie sind allerdings recht früh dran. Darf es vorher schon etwas für Sie sein?«

»Nein, danke. Ich warte solange.«

Thesos ging zu Tisch Nummer Acht, der erwartungsgemäß direkt neben der Neun stand, wo überraschenderweise der Alte vom Vortag saß.

»Entschuldigen Sie!«, versuchte Thesos die Aufmerksamkeit des Alten auf sich zu ziehen, der zusammengekauert offensichtlich nur für den Fußboden Augen hatte.

»Entschuldigen Sie, was?«, hauchte der Alte, der nun im Begriff stand, sich etwas aufzurichten.

»Ich glaube, Sie sitzen falsch hier! Der Tisch ist nämlich reserviert!«

»Ich bin ganz sicher falsch hier, aber Sie sind der Erste, dem das auffällt«, entgegnete der Alte mit verächtlicher Stimme und senkte erneut den Blick zu Boden. »Sie sind aber ganz schön früh hier«, setzte er nach.

Thesos vermutete, dass der Alte ein unschönes Überbleibsel des gestrigen Abends war, irgend so ein Penner, den man vergessen hatte hinauszuwerfen.

»Der Tisch ist reserviert, und Sie sollten sich selber den Gefallen tun und verschwinden, bevor die Fallenstellergemeinschaft oder auch der Wirt Sie davon überzeugen müssen.«

Der Alte schaute ihn prüfend an.

»Junger Mann, für Ihr Alter versprühen Sie erstaunlich viel Weisheit, doch vergeuden Sie sie bitte nicht an mir. Ich brauche diese Ratschläge nicht mehr beherzigen, wenn Sie verstehen, was ich meine.«

»Ich kann auch sofort den Wirt holen, der Sie dann im hohen Bogen rauswerfen wird«, drohte Thesos jetzt.

»Ich bin mir darüber im Klaren, dass Sie den Wirt an unseren Tisch holen können, keine Frage, doch mich hinauswerfen, das schaffen Sie nicht. Wenn doch, wäre ich der Letzte, der Sie davon abhalten würde«, sagte der Alte und lachte ihm ins Gesicht. »Setzen Sie sich jetzt endlich zu mir! Oder haben Sie kein Interesse mehr an der Fallenstellergemeinschaft?«

»Was haben Sie denn bitte mit der Fallenstellergemeinschaft am Hut?«, fragte Thesos empört und nahm neben dem Alten Platz.

»Das Gleiche könnte ich Sie fragen!«

»Ich bin Mitglied!«, tönte Thesos.

»Merken Sie etwas?«

Thesos schaute den Alten verdutzt an.

»Sie auch?«, setzte er wieder ein.

»Ansonsten säße ich nicht hier! Wie geht es eigentlich meinem Haus?«

»Wie? Ihrem Haus?«

»Sie sind doch der Neue! Der Neue bewohnt das Küsterhaus. Der Neue ist der Grabausheber.«

Thesos schaute mit großen Augen auf sein grinsendes Gegenüber.

»Aber …«

»Ich bin zwar alt, aber nicht informationsresistent. Auch oder gerade in einer Gastwirtschaft wird geredet, nicht wenig und nicht selten über Sie, Herr Thesos!«

»Dann war das mal Ihr Haus?«, fragte Thesos fassungslos.

»Ja, aber das ist schon eine Ewigkeit her, da war ich vielleicht so jung wie Sie! Seitdem sind viele Abende vergangen.«

»Sie wirken alt!«

»Gut, dann prägen Sie sich das besonders gut ein, wenn Sie nicht genauso enden wollen!«

Die Stimme des Alten war jetzt schärfer und bestimmter als zuvor.

»Wo waren Sie denn all die Jahre?«, fragte Thesos. »Ich dachte, Sie wären weg oder tot, so habe ich es zumindest bei meinem Vorstellungsgespräch aufgefasst. Ich glaube, da war sich niemand so richtig drüber im Klaren.«

»Weg und tot wären vermutlich die besseren Alternativen gewesen, aber egal! Sie sollten verschwinden, solange es noch geht. – Und wo denken Sie, wo ich war?«

Thesos starrte ihn an. Der Alte machte ihm Angst. Es war nicht nur das unbekannte aber deutlich erkennbare, hohe Alter, es war die gesamte unnatürliche Haltung auf dem Stuhl, die wechselhafte Stimme, mal rau und dünn und dann wieder spitz und kräftig, das alles passte nicht zu diesem verfallenen Körper, der sich in unberechenbarer Weise dieser Stimmen zu bedienen schien. Das, was ihn allerdings am meisten ängstigte, war, dass er es nicht schaffte, einfach aufzustehen und zu gehen. So wenig er diesen Stammtisch auch kannte, so sehr ersehnte er ihn jetzt.

»Sie waren bestimmt hier …«, sagte Thesos und stockte, um die gedankliche Fortsetzung (» … und haben die letzten Jahrzehnte ununterbrochen gesoffen und arme Irre belabert!«) nicht auszusprechen.

»Sie sind ganz sicher nicht von hier, Herr Thesos!«, stellte der Alte mit ruhiger Stimme fest.

»Sie werden es vielleicht nicht für möglich halten, aber Sie sind nicht der Erste, der das feststellt. Komisch, oder?«

»Ich werde Ihnen eine kleine Geschichte erzählen. Darin geht es auch um einen Zugezogenen. Er hatte keinerlei Berührungsängste, war nicht auf den Mund gefallen, aber überaus höflich und gegenüber jedermann zuvorkommend. Nicht, dass ich an dieser Stelle Werbung für mich machen möchte, aber dieser zugezogene Mann war ich. Ich sitze hier jeden Tag und jede Nacht und sehe viele Stammtische und viele Stammgäste und gehöre doch nur zum Inventar. Es ist nicht die Zeit, die einen zum Einheimischen macht, es ist das Verinnerlichen der Gepflogenheiten und das fehlerfreie Umsetzen dieser Regeln. Sie müssen die Traditionen und Umgangsformen dieses Dorfes kennen, sonst werden Sie hier nicht zurechtkommen. Sie werden es wohl kaum für möglich halten, aber wer so unvorbereitet in ein Dorf hineinstolpert, der wird ganz leicht enttarnt und als Außenstehender bloßgestellt. Komisch, oder?«

»Aber ich hab doch einfach nur ein Haus, meine eigenen vier Wände, gekauft, mehr nicht!«

»Ihr prüfender Blick hätte Ihnen sofort verraten müssen, dass es in diesem Dorf keine eigenen vier Wände gibt, zumindest nicht für den Einzelnen.«

»Und Sie wollen mir jetzt tatsächlich erzählen, dass Sie seit Jahrzehnten hier sitzen?«

»Nicht immer hier, manchmal auch an dem kleinen Stammtisch, aber … Ja, ich sitze hier fest!«

»Wollen Sie mich verarschen?«, wollte Thesos sagen, aber er verkniff es sich aus Höflichkeit.

»Das ist ja wohl das Unglaublichste, was ich je gehört habe, und das beschreibt diesen Schwachsinn noch nicht einmal ansatzweise!«, wollte Thesos dem Alten ins Gesicht schreien, doch als er sich seine Treibjagdanlage, die Fallenstellerzunft, die freilaufenden Rinder und das Bearbeiten der Leichen in Erinnerung rief, wurde ihm schlagartig klar, dass er dem Alten Unrecht tun würde.

»Und warum gehen Sie nicht einfach?«, fragte ihn Thesos.

»Wissen Sie, schon nach dem ersten Stammtisch wusste ich, dass ich besser gehen sollte, und dieser Entschluss beherrschte mich in all diesen Jahren, doch zu Anfang war ich immer zu betrunken und hab es vermutlich nicht ernst genug genommen, dann wurde ich älter und langsamer, und die Fallenstellerzunft erhielt immer wieder jungen Nachwuchs. Irgendwann war es dann einfach zu spät. Nur die Fallensteller bleiben jung, ich aber nicht!«

Obwohl der Alte wieder zusammensackte, behielt er Thesos fest im Auge.

»Ich verstehe das Problem nicht ganz. Wer hält Sie denn auf, durch die Tür zu gehen?«, fragte Thesos.

»Sie sind echt nicht von hier, nicht mal aus der entfernteren Umgebung! – Na, der Wirt, wer sonst?«

»Der Wirt hält Sie auf? Wollen Sie damit sagen, dass Sie wegen dem Wirt diesen Ort nicht verlassen können?«

»Endlich haben Sie es begriffen, junger Mann: jawoll, wegen dem Wirt!«

»Was soll der denn schon großartig machen? Die Polizei rufen, Ihnen die Freundschaft kündigen, oder was?«

»Offensichtlich haben Sie es wohl doch nicht begriffen! Bei offenen Rechnungen ist der Wirt etwas eigen, und ich kann nur aus eigener Erfahrung empfehlen, die Gepflogenheiten des Wirtes zu akzeptieren! Der Wirt ist erbarmungslos!«, sagte er und zeigte ihm das Schulter-Endstück seines fehlenden Arms.

»Das hat er Ihnen angetan?«, fragte Thesos ungläubig. »Warum haben Sie nicht die Polizei gerufen! Das hat doch nichts mehr mit offenen Rechnungen zu tun!«

»Das kann ich Ihnen nicht sagen, aber ich kann Sie warnen, denn der Wirt ist ein exzellenter Schütze!«

»Diese fette Sau?«, rutschte Thesos raus. »Schütze mit was?«

»Sie sollten von der äußeren Erscheinung nicht auf das tatsächliche Leistungspotenzial schließen. Den Fehler habe ich auch begangen, aber nur einmal … Das hat allerdings gereicht, um den Arm zu verlieren. Ich glaube, er verwendet Schrot. Macht ’ne riesige Sauerei!«

Der alte Mann kicherte in sich hinein und zeigte mit der verkrüppelten Hand unter sich auf den Boden.

Thesos erkannte, dass der Holzfußboden ein wenig dunkler war als der Außenbereich des Tisches. Es war eine klar gezogene Linie zwischen hellem und dunklem Holz, die beide Bereiche sauber voneinander trennte.

»Es hat, glaube ich, Wochen gedauert, bis das Blut eingetrocknet war, war ja auch ’ne ganze Menge. Ist jetzt aber schon Jahre her, wenn nicht sogar noch mehr!«

»Das ist versuchter Mord, nichts anderes! Das können Sie noch immer bei der Polizei anzeigen!«, sagte Thesos und starrte weiter auf den riesigen vertrockneten Fleck, der sich fast unter dem gesamten Tisch breitmachte.

»Das war kein versuchter Mord!«

»Aber …«, versuchte Thesos erfolglos zu unterbrechen.

»Er ist ein exzellenter Schütze. Er schießt nicht daneben. Abgesehen davon: Was bringt ihm ein Toter mit einer offenen Rechnung? Ich glaube, nichts! Denken Sie daran, der Letzte am Tisch bezahlt immer die Rechnung. Versuchen Sie nie, der Letzte zu sein, denn irgendwann wird der Absprung nahezu unmöglich!«

Jemand klopfte von hinten auf Thesos’ Schulter.

»Sie sind auch schon hier?«, begrüßte Pfarrer Kaufmann Thesos mit einem breiten Lächeln.

»Tag, Pfarrer Kaufmann. Hab mich wohl etwas verschätzt!«, entgegnete Thesos, während er sich für das Umarmungsritual von seinem Stuhl erhob.

»Das kann ja jedem mal passieren!«, antwortete Pfarrer Kaufmann und warf dem Alten einen auffälligen Blick zu.

»Also, das mit dem Bearbeiten heute, ich meine, mein Ausfall …«

»Herr Thesos, machen Sie sich da mal keine Sorgen.«

Der Pfarrer schaute besorgt auf Thesos' verletzte Hand.

»Damit sollten Sie aber dringend zum Arzt gehen!«

»Das geht schon wieder. Ist halt nur noch etwas angeschwollen«, untertrieb Thesos. »Was passiert denn jetzt mit den Bearbeitungen für den heutigen Tag?«, lenkte er ab.

»Das datieren wir einfach um, und damit hat es sich.«

Der Pfarrer drehte sich zum Eingang um, von wo sich die Fallenstellergemeinschaft durch den schmalen Durchlass in die Wirtschaft presste.

Zuerst sammelte sich ein anwachsender Menschentropfen vorn an der Bar, der durch das Türdrücken in regelmäßigen Abständen zum Überschwappen gezwungen wurde und nur langsam in Richtung Stammtisch abfloss, wobei jeder vom Pfarrer mit einer kräftigen Umarmung begrüßt und an Thesos weitergereicht wurde, um das gleiche Ritual zu zelebrieren. Nach dem ersten Dutzend Umarmungen machte sich allerdings Thesos' lädierte Hand schmerzlich bemerkbar.

»Guten Abend, Herr Thesos!«, überraschte Spindel als Letzter in der Reihe, während Thesos noch den Schmerz des letzten mächtigen Händedrucks mit einem tiefen Atemzug inhalierte.

Spindels Händedruck setzte allem die Krone auf. Jetzt fehlte nur, dass der Wirt auf die Idee kam, seine Begrüßung per Handschlag nachzureichen. Thesos biss die Zähne zusammen und beobachtete aus den Augenwinkeln, wie Spindel formvollendet seinen Platz am Tischende einnahm und das Zeichen zum Hinsetzen gab.

Es war eine große Runde. Jeder Sitzplatz war belegt. Der Wirt stand bereits an der Bar in den Startlöchern. Nach kurzer Zeit erhob sich Spindel und ließ den langen Tisch verstummen.

»Liebe Mitglieder, ich begrüße heute Abend erst einmal alle Anwesenden, und …«

Spindel schickte einen Blick in die Runde.

»Scheinbar sind alle anwesend. Jedenfalls ist kein Stuhl mehr frei!«

Bevor er weitersprach, gab er ein Handzeichen zur Bar, worauf sich der Wirt sofort mit dem ersten großen Tablett zum Stammtisch aufmachte.

»Es gibt heut einiges zu verkünden und zu feiern. Natürlich möchten wir den Herrn Konrad Thesos, unseren Grabausheber, als neues Mitglied im großen Kreis nochmals willkommen heißen. Darüber hinaus gibt es in diesem Zusammenhang noch etwas Erfreuliches zu verkünden, nämlich die Auszeichnung des Gewinners der gestrigen Jagd!«

Der Wirt hatte bereits jedem Mitglied ein Bier vor die Nase gestellt und wieder den Rückzug zur Bar angetreten. Spindel ergriff sein Bier, gefolgt von allen Mitgliedern, die sich prompt von ihrem Platz erhoben und mit ihren auf Augenhöhe präsentierten Gläsern in Salutstellung gingen.

»Meine Herren, ich trinke damit auf unsere Gemeinschaft! Hoher Wurf, tiefer Fang!«, rief er über den Tisch, schwenkte sein Glas zur linken und zur rechten Tischseite und nahm den ersten großen Schluck, begleitet vom *Hoher Wurf, tiefer Fang!* rufenden Mitgliederchor, der ebenfalls links und rechts die Gläser schwenkte und in bierseliger Vorfreude dem großen Schluck des Vorsitzenden nacheiferte.

Alle außer Spindel und Thesos, der mit seinen Gedanken abwesend war, nahmen Platz. Er sah den Wirt erneut mit der frisch belegten Bierplatte auf den Stammtisch zuwanken. Er lief direkt auf Thesos zu, der daraufhin entschied, stehen zu bleiben.

»Dann kommen wir nun zu dem festlichen Teil.«

Spindel stockte, er hatte wohl erkannt, dass Thesos noch immer als Einziger stand.

»Die zweite Runde!«, füllte nun der angekommene Wirt mit kräftigem Organ die eingetretene Stille.

Er reichte das Tablett über Thesos hinweg, was schon beeindruckend genug war, denn Thesos war immerhin überdurchschnittlich groß, doch als der Wirt das Tablett dann mit einer Hand über dem Tisch hielt, also hinter Thesos, und mit dem Arm seitlich an

Thesos vorbei, da erkannte er, dass man hier nicht aufgrund von Äußerlichkeiten falsche Schlüsse ziehen durfte. Der Wirt berührte Thesos leicht an der Schulter und flüsterte ihm ins Ohr:

»Telefon für Sie!«

Dann griff er in seine Schürze und reichte ihm ein schnurloses Telefon.

»Am anderen Ende der Bar können Sie ungestört reden.«

»Danke«, flüsterte Thesos zurück.

Thesos warf einen Blick auf Spindel, der noch immer erwartungsvoll an der Spitze seines Tisches stand, und wartete.

»Entschuldigen Sie, mein Typ wird wohl gerade verlangt«, sagte Thesos in Spindels Richtung, als er bereits vom Tisch abrückte.

»Dann ist dem so ... Wir machen vorerst weiter, wenn Sie nichts dagegen haben«, lachte Spindel unnatürlich laut.

Auch Thesos verstand diese Bemerkung als Spaß, denn was hätte er der Fallenstellergemeinschaft schon vorschreiben können? Es konnte ja nur ein Spaß sein.

Er wollte sich gerade endgültig vom Tisch absetzen und zur Bar gehen, als ihn der Alte am Ärmel packte.

»Sie dürfen nicht vergessen, weiterzugehen! Nicht vergessen!«, ermahnte ihn der Alte mit dünner, durchdringender Stimme und löste den Griff.

Thesos blickte auf das Telefon. Das Display verriet ihm, dass der unbekannte Teilnehmer auf der anderen Seite der Leitung bereits wartete, was ihn seinen Schritt beschleunigen ließ, denn er wollte ihn nicht unnötig warten lassen.

Thesos passierte die an der Bar aufgereiht sitzenden Einzeltrinker und quetschte sich in die äußerste Ecke, wo der Lautstärkepegel deutlich niedriger war. Ein Wirt sollte seine Einrichtung ja auch kennen, dachte er sich und drückte den Hörer ans Ohr.

»Hallo?«, fragte er ins Telefon.

»Ich wünsche einen schönen guten Abend. Spreche ich mit Herrn Konrad Thesos?«, begrüßte und erkundigte sich eine freundliche Frauenstimme am anderen Ende der Leitung.

»Ja ... Wer ist denn da, bitte?«

»Mein Name ist Katja Engels, Kundenberaterin der Firma Bahla. Ich freue mich, Sie nun endlich erreicht zu haben, denn der Firma Bahla liegt ihre Kundschaft sehr am Herzen, weshalb wir binnen 48 Stunden den Erstkontakt zu unseren Neukunden suchen und nach Problemen fragen, unsere Hilfe anbieten und das Erstkundengespräch durchführen. Hätten Sie kurz Zeit für dieses Erstkundengespräch?«

»Das ist jetzt gerade etwas schlecht. Sehen Sie, ich bin nicht zu Hause!«

»Es dauert auch wirklich nicht lange. In unserer großen Familie, der Familie Bahla, muss man sich aber auch Zeit für Gespräche, für Vertrauen nehmen, natürlich nicht mehr als wirklich nötig.«

»Na, gut, dann schießen Sie mal los!«

»Sehr schön, ich leite Sie dann eben weiter an unseren elektronischen Datenerfasser, ich wünsche noch einen schönen Tag und hoffe, dass Sie auch in Zukunft mit den Produkten der Firma Bahla zufrieden sein werden.«

Es setzte eine simple, aber eingängige Musik ein.

Thesos erhielt nun in seiner Ecke am Tresen den Einblick in den unbekannten Bereich der Wirtschaft, der wesentlich weitläufiger als erwartet war. Es gab dort ebenfalls sehr lange Tische aber auch kleine runde für das kleine Gedeck, und auch dort fand er an fast jedem Tisch eine einzelne männliche Person sitzend vor. Sie schienen alle für sich allein und in ihre Gedanken versunken zu sein.

Viele der dort in der Entfernung sitzenden Männer waren um einiges älter als er und erinnerten ihn stark an den Alten von seinem Stammtisch.

Die Musik verstummte.

»Herzlich willkommen bei der Firma Bahla«, begrüßte ihn eine künstlich generierte Stimme, die wie ein Frosch im Blecheimer klang. »Sie befinden sich in der elektronischen Datenerfassung. Sollten Sie im Laufe dieser Erfassung abbrechen wollen, dann legen Sie einfach den Hörer auf. Die Datenerfassung wird dann zu einem späteren Zeitpunkt vollautomatisch durch die Firma Bahla eingeleitet.«

»Dieses Gespräch wird zu Aus- und Weiterbildungszwecken aufgezeichnet. Sollten Sie damit nicht einverstanden sein, dann legen Sie einfach den Hörer auf ... Wurde Ihr Bahla-Produkt fachgerecht und innerhalb von 24 Stunden nach Bestellung installiert? Drücken Sie die *Eins* für *Ja,* die *Zwei* für *Nein* oder die *Drei* für *Vielleicht!*«

Thesos überlegte kurz und sagte »Ja, glaub schon!«, um sich

dann aber sofort an die weibliche Instruktion zu erinnern und die Taste *Eins* am Telefon zu drücken.

»Danke … War Ihr Bahla-Produkt sofort nach der Installation einsatzbereit? Drücken Sie die *Eins* für *Ja,* die *Zwei* für *Nein* oder die *Drei* für *Vielleicht!*«

Thesos drückte die *Eins.* Die Konstruktion sah zumindest einsatzbereit aus, dachte er sich.

»Danke … Hat der Kundendienst das Erstkundengespräch innerhalb der ersten 48 Stunden eingeleitet? Drücken Sie die *Eins* für *Ja,* die *Zwei* für *Nein* oder die *Drei* für *Vielleicht!*«

Die *Eins.*

»Danke … Lief der erste Einsatz Ihres Bahla-Produktes ohne Probleme? Drücken Sie die *Eins* für *Ja,* die *Zwei* für *Nein* oder die *Drei* für *Vielleicht!*«

»Mal abgesehen davon, dass mir eine Bullenladung Ihrer Chemikalien in die Hand gerammt wurde … Also dann … Eigentlich ja!«

Sein monotones Gegenüber begann ihn zu reizen, denn es schien kein baldiges Ende in Sicht. Seine Hand schmerzte und der Puls war bereits wieder zu spüren. Jedes Pochen war äußerst unangenehm, als steckte etwas in der Hand, was da unbedingt raus wollte.

Thesos drückte die *Eins,* denn wenn man ehrlich sein wollte, dann hatte das Gerät ja super funktioniert. Eben nur beim Falschen.

»Danke … Konnten wir Ihre an uns gestellten Erwartungen mit dem erworbenen Bahla-Produkt befriedigen? Drücken Sie die *Eins* für *Ja,* die *Zwei* für *Nein* oder die *Drei* für *Vielleicht!*«

Thesos drückte die Drei, denn für eine solche Frage reichte der derzeitige Erfahrungsschatz nicht aus. Deshalb blieb nur das *Vielleicht.*

»Danke … Werden Sie die Produkte der Firma Bahla weiterempfehlen? Drücken Sie die *Eins* für *Ja,* die *Zwei* für *Nein* oder die *Drei* für *Vielleicht!*«

Ebenfalls *Vielleicht,* viel zu früh, um sich ein vernünftiges Bild zu machen, dachte er sich und drückte die Drei.

»Danke … Dies beendet unsere elektronische Datenerfassung. Die Schnellauswertung hat ergeben, dass Sie ein zufriedener und überzeugter Bahla-Kunde sind. Wir freuen uns, Sie in unsere Familie aufgenommen zu haben. Empfehlen Sie uns weiter! Bahla wünscht einen guten Abend. Sollten Sie noch zusätzliche Angaben machen wollen, nutzen Sie den folgenden Signalton, um Sorgen, Nöte oder Anträge, die über die elektronische Datenerfassung hinausgehen, auf das Band zu sprechen. Bitte sprechen Sie nach dem Signalton!«

Thesos horchte weiter. Am anderen Ende der Leitung war es still.

»Wir bedanken uns für die Zusammenarbeit und wünschen einen guten Abend.«

Thesos setzte den Hörer ab und legte das Telefon auf den Tresen.

»Herzlichen Glückwunsch!«, fing ihn ein Mann in Jägertracht ab.

»Wie bitte?«

Thesos schaute die unbekannte Person mit großen Augen an. Der Tracht nach zu urteilen, gehörte sie ebenfalls der Fallenstellerzunft an.

»Wofür die Glückwünsche?«

»Na, zur Verlobung! Herzlichen Glückwunsch, auch aus unseren Reihen. Alles Gute für die gemeinsame Zukunft! Herr Brauers Tochter ist eine gute Wahl. Glaube ich zumindest. Aber das müssen ja Sie entscheiden!«, lachte der Fremde.

Thesos war allerdings das Lachen vergangen.

»Ja, und woher wissen Sie von meinem Glück?«

Thesos entschied, die örtlichen Übertreibungen mit eigenen zu konterkarieren, und setzte ein übertriebenes Lächeln auf.

»Wenn man auch sonst getrennte Wege geht und unterschiedlichen Sitten nachgeht, so vereint doch eines ganz besonders, nämlich das Getratsche in einer belebten Gastwirtschaft! Solche Kunde verbreitet sich wie ein Lauffeuer, müssen Sie wissen!«

Der Unbekannte drehte sich zum Wirt um, der hinter dem Tresen Gläser spülte, aber wohl wie alle anderen die Worte des Jägers mitbekommen haben musste, denn er sprach ungewöhnlich laut.

»Ja, getratscht wird hier sehr viel«, schlug der Wirt in die Kerbe.

Der Fremde ergriff Thesos' kaputte Hand, um sie kräftig zu schütteln.

»Dann wünsche ich gutes Gelingen bei den Hochzeitsvorbereitungen. Man sieht sich sicherlich noch mal! Guten Abend.«

Thesos blickte dem unbekannten Jäger verwundert hinterher

und beobachtete, wie dieser am anderen Ende der Bar anhielt und außerhalb der Hörweite mit dem Wirt sprach.

Thesos passierte beide und trat wieder, den Ausgang im Rücken, in die Sichtweite des Stammtisches.

Plötzlich blieb er unvermittelt stehen. Was er sah, ließ jede Bewegung erstarren: Der Stammtisch war leer! Sogar der verkrüppelte Alte fehlte, was ihn wirklich stutzig machte. Thesos schaute zurück und fragte sich, ob er vielleicht den falschen Weg eingeschlagen hatte. Aber auch wenn die Wirtschaft groß wirkte, führte nur ein Weg an der Theke vorbei, daran bestand kein Zweifel. Das letzte Fünkchen Hoffnung wurde dann allerdings durch das Lesen der Tischschilder Acht und Neun zerschlagen.

Der fremde Jäger stand noch immer im Gespräch mit dem Wirt am Tresen. Sie schienen ihn gar nicht wahrzunehmen, was schon fast absurd war, denn er stand wie festgenagelt und auf dem Silbertablett serviert im leeren Raum zwischen Bar und Stammtisch.

Thesos erinnerte sich an die Worte des Alten. Der Letzte musste die Rechnung tragen. Jetzt war Weitergehen angesagt. Er schaute auf die vielen Stühle am Stammtisch. Das musste eine gesalzene Rechnung werden.

Er nahm den Fremden etwas genauer unter die Lupe. Warum sollte er nicht der letzte am Stammtisch sein? Thesos bewertete seine Chancen als relativ gut, denn er war zwar angeschlagen, doch um einiges näher am Ausgang.

Er versuchte, sich nichts anmerken zu lassen und machte auf der Stelle kehrt. Nicht zu schnell, denn er wollte das Gesamtbild nicht durch ruckartige Bewegungen sprengen, alles sollte ganz geschmeidig ablaufen, auch oder eben gerade der Weg zum Ausgang musste ohne Aufsehen zu erregen genommen werden.

Schon hatte Thesos den Türgriff in der Hand. Als er sich sicherheitshalber noch mal zum Tresen umschauen wollte, merkte er, dass der Wirt nur wenige Meter neben ihm stand und sein Gewehr auf ihn richtete.

»Sie wollen doch nicht die Zeche prellen, Herr Thesos, oder?«, brüllte der Gastwirt mit ungeahnter Kraft.

Er fand sich unerklärlicher Weise auf dem Rücken liegend wieder. Das Gesichtsfeld war stark eingeengt, nur die Ausgangstür konnte er verschwommen erkennen, hatte aber den Eindruck, als entfernte sie sich von ihm. Er besaß kein Gefühl für seinen Körper, alles wirkte taub, fast so, als wäre er mit Volldampf gegen einen fahrenden Zug gerannt und stumpf abgeprallt. Thesos konnte keine Bewegung koordinieren, selbst sein Kopf blieb unbeweglich wie Beton.

Es dauerte einige Zeit, bis er realisiert hatte, dass es die Decke war, die sich über seinem Kopf bewegte, und es dauerte noch etwas länger, bis ihm klar wurde, dass er über den Boden gezogen wurde. Von wem, das konnte er derzeit nicht erkennen, doch als die Bilder plötzlich anhielten, das Ziehen stoppte, erkannte er in der sich über ihn beugenden und an seinem linken Arm fummelnden Gestalt den fremden Jäger.

»Was ist passiert?«, röchelte Thesos mit letzter Kraft.

»Sie können doch nicht einfach gehen, ohne zu bezahlen! Was soll man denn von Ihnen denken?«, sprach der Fremde mit ruhiger Stimme.

»Aber ich war doch gar nicht der Letzte!«

»Sie waren der Letzte, glauben Sie mir, da war keiner mehr an Ihrem Tisch.«

Noch immer machte sich der Fremde mit beiden Händen an Thesos' linken Arm zu schaffen.

»Sie sollten solche Sachen nicht machen, Herr Thesos!«, ermahnte der Fremde weiter.

»Aber Sie waren doch noch ... Ich war doch zuerst ... !«

Thesos merkte, wie sich sein Sichtfeld verengte. Der schwarze Rahmen zog sich immer mehr ins Bild. Nur noch ein schmaler Tunnel hielt eine Verbindung nach außen.

»Herr Thesos, Sie dürfen sich nicht aufregen, bleiben Sie ruhig und versuchen Sie jetzt bitte nicht, zu viel Blut zu verlieren. Das wird sonst 'ne ziemliche Sauerei, und das im Eingangsbereich.«

Der Fremde presste ein Grinsen aus seinem Gesicht.

»So, das hätten wir erst einmal!«

Thesos erkannte nun die blutverschmierten Hände des Fremden über seinem Gesicht.

»Sind Sie kein Fallensteller?«, hörte Thesos seine Stimme verschwommen.

»Ach, wo denken Sie hin? Ich gehöre nicht Ihrer Zunft an, Gott bewahre!«

Der Fremde lachte kurz auf und wischte mit einem blutverschmierten Finger unter seinem Kinn entlang.

Nun überlagerte der schwarze Rahmen vollständig Thesos'
Blickfeld und löschte jeden Kontakt zur Außenwelt, kurze Sekunden später versagte auch sein Gehör.

HÖFLICHKEITEN

E r öffnete die Augen. Alles, was er sah, war der dunkle Holzfußboden unter ihm, der durch die scharf gezogene Trenn-
linie, welche das Blut des Alten gezogen hatte, seinen Tisch vom
übrigen Umfeld abschnitt. Eigentlich sah er nur den dunklen
Boden und schloss einzig mithilfe alter Erinnerungen auf den
helleren Holzboden. Es musste der Stammtisch auf blutgetrock-
netem Boden sein, sagte sich Thesos, auch der Stuhl, auf dem er
nun saß, vielmehr lungerte, ohne Haltung und Kraft, erinnerte
an die letzte Stammtischsitzung.

Endlich schaffte es Thesos, seinen Blick zu heben. Er erkannte
die Tischplatte. So abgenutzt hatte er sie noch nie wahrgenommen. Er richtete den gesamten Oberkörper auf, drückte den Katzenbuckel fort, nahm jetzt auch wieder seine Beine in Anspruch
und schaute geradeaus.

Thesos' Blick traf die Bar. Jetzt hatte er Gewissheit: Es war sein
Stammtisch.

Sein Sehfeld war am Rand immer noch sehr verschwommen und
wackelig, allerdings hatte inzwischen sein Gehör die Umwand-
lung akustischer Signale glücklicherweise wieder erfolgreich aufgenommen, denn er hörte den außerhalb seines Gesichtsfeldes
stehenden Wirt an der Bar mit Gläsern hantieren.

Plötzlich tauchte der Wirt in seinem Gesichtskreis am anderen
Ende des langen Tisches auf. Er trug ein Tablett, dessen Auflage
Thesos zuerst nicht erkennen konnte, weil er es zu hoch hielt,
doch als er es absetzte, erkannte Thesos ein Glas Bier und einen
Kamm. Beides stellte der Wirt vor ihm ab.

»So, Herr Thesos, jetzt nehmen Sie erst einmal einen großen
Schluck, Sie sehen ja grauenhaft aus, und dann kämmen Sie sich
auch mal, so kann man sich ja mit Ihnen gar nicht blicken lassen.«

Thesos tat, wie ihm aufgetragen wurde, griff mit der kaputten

Hand zum Bierglas und führte es zum Mund. Durch die ungeahnte aufzuwendende Kraft nahm das Glas schnell Geschwindigkeit auf und prallte gegen die Lippe, sodass das Bier zu beiden Seiten hinunterlief. Die Hose saugte dann den Rest auf.

Er stellte das halbe Bier zurück.

Der Wirt trat dicht an ihn heran, drückte ein Handtuch, welches seitlich in seinen Hosengürtel gestopft war, in Thesos' Gesicht, wischte unterhalb der Augen bis runter zum Hals und befreite ihn vom überschüssigen Bier.

»Trinken Sie nicht so hastig, Bier haben wir noch genug!«, scherzte der Wirt. »Und jetzt kämmen Sie sich mal ordentlich, und vergessen Sie bitte nicht den Bart! So ungepflegt verscheucht mir das nur die Kundschaft, und das wollen wir ja beide nicht, oder?«, sagte der Wirt und fuhr mit einer schnellen Bewegung an Thesos' Kinn entlang.

Thesos strich nun selber mit seiner rechten Hand am Kinn vorbei, natürlich ganz langsam, um eine ungewollte Kollision zu vermeiden, und unter Nutzung des Handrückens, der durch andauerndes Kribbeln zumindest ein wenig Gefühl erhoffen ließ, versuchte er zu spüren, was noch vom Kinn übrig war. Ein Bart konnte es jedenfalls nicht sein. Er hatte sich noch nie einen Bart stehen lassen, abgesehen davon produzierte sein Körper auch nie genügend Haare, um das Gesicht einigermaßen flächendeckend zu belegen. Ein Bart war undenkbar, absolut abwegig. Doch wie er mehrfach drüber strich, merkte er, wie es an der Handoberfläche leicht kratzte. Nun entschloss sich Thesos, mit den tauben Fingerspitzen unter das Kinn zu greifen, nicht, um was zu fühlen, sondern um etwas zu bewegen, seinen Kopf zu bewegen. Er zog mit der Hand nach unten, und der Kopf folgte. Er zog an seinem undenkbaren Bart und wiederholte diese Prozedur. Dann ließ er die kaputte Hand in den Schoß sinken. Jetzt hatte er einen Bart und verstand den Wirt, denn ein solcher Bart musste auch gepflegt werden, sonst wirkte er abstoßend und dreckig und nicht tauglich für eine Gastwirtschaft.

»Nehmen Sie den Kamm, dran ziehen bringt nicht viel!«, erklärte der Wirt.

Thesos griff mit der linken Hand zum Kamm, der vor ihm auf dem Tisch lag, doch auch mehrmalige Versuche blieben ohne Erfolg. Es war ihm nicht möglich, mit der linken Hand zu greifen oder sich auch nur der Tischkante zu nähern. Er war sich sicher, dass der Befehl sein Gehirn verlassen hatte, doch musste er irgendwo auf dem Weg verloren gegangen sein. Es fühlte sich ähnlich taub an, wie die rechte, kaputte Hand. Er wusste zwar, dass sie dort war, doch reagierte sie nicht immer so, wie er es gerade wollte. Es war ein sehr merkwürdiges Gefühl.

Er entschloss sich, sich durch gezielte Blicke zu unterstützen und verlorene Befehle wieder in Gang zu setzen und neigte seinen Kopf, um überhaupt alles unterhalb der Nase erfassen zu können, so eingeschränkt war noch seine Sicht.

Thesos hatte damit gerechnet, dass sein Arm verletzt war und deshalb blockiert war, doch da war keine Hand, die blockiert werden konnte, und da war auch kein Arm mehr, der hätte blockieren können. Er drückte den Kopf immer weiter nach unten, bis in den untersten Anschlag, doch da kam nichts weiter zum Vorschein als die Tatsache, dass ihm dieses Oberteil fremd war. Das Hemd war zwar weit geschnitten, doch der leere Ärmel und die runtergebrochene, halbe Schulter deckten gnadenlos auf, dass auf der linken Seite etwas fehlte. Er versuchte, den schlaffen Ärmel in Bewegung zu setzen, doch das abgehackte Rucken seiner fehlenden Schulter bewegte lediglich den Stoff. Es war ein sehr merkwürdiges Gefühl, keine linke Seite zu haben.

Thesos blickte zum Wirt auf, der ihn mit ungeduldiger Miene beobachtete.

»Sie müssen die andere Hand nehmen. Damit geht es besser!«

Herr Thesos schaute ihn verständnislos an.

»Die andere Hand, verstehen Sie? Sie müssen mit der rechten kämmen!«, drang der Wirt in ihn ein.

Langsam realisierte Thesos, dass er keine linke Seite mehr hatte, sie schmerzte allerdings auch nicht, zumindest noch nicht, was aber eine so große Wunde wohl noch nach sich ziehen würde, aber auch das blieb vorerst nur Spekulation. Unwichtig, genauso unwichtig wie der Kamm, zumindest jetzt, dachte er sich, während er den Wirt noch immer mit seinen schwachen Augen fixierte.

»Ich muss nach Hause ... Ich glaub, ich muss nach Hause!«, stammelte Thesos.

»Sie wünschen also die Rechnung?«

»Ich muss dringend nach Hause!«

Seine Stimme wurde schwächer. Sein Kopf sank zurück.

»Kommt sofort!«, rief der Wirt, kehrte ihm den Rücken zu und ging zur Bar.

Thesos folgte ihm noch ein Weilchen aus dem Augenwinkel heraus, verlor ihn allerdings, als er in der Nähe des Ausganges über einen großen, dunklen Fleck auf dem Boden lief. Der Holzfußboden knarrte überall, auch der dunkle Fleck knarrte. Obgleich es wohl ein älterer Fleck war, hatte er beim Betreten der Wirtschaft, wann immer dies auch gewesen sein musste, den Eingangsbereich noch fleckenfrei vorgefunden.

Plötzlich stand der Wirt wieder neben ihm, fast wie nie gegangen, und legte einen Rechnungsblock auf den Tisch, direkt neben den Kamm und das halbe Bier.

Thesos schaute nun auf die Tischkante, kippte mit dem Oberkörper leicht dagegen und entspannte wieder die Beine, um mehr Spielraum zu bekommen.

Die Handschrift auf dem Block war sehr klein und kritzelig und aus seiner Position nicht zu lesen.

»Dann bekomme ich einmal bitte das von Ihnen!«, sagte der Wirt und unterstrich mit einem Kugelschreiber eine der oberen Zahlen auf dem Rechnungsblock. Der Betrag war absolut unleserlich auf das Papier geschmiert, Thesos konnte nur erkennen, dass es wohl drei Stellen vor dem Komma waren, aber das reichte eigentlich auch aus, um sich die peinlichen Details zu ersparen, denn er wusste bereits jetzt, dass er diesen Betrag nicht aufbringen konnte. Seine Geldbörse war leer, wenn er sie denn überhaupt noch hatte.

»Ich kann das nicht zahlen, mein Geld reicht nicht aus!«, flüsterte Thesos.

»Das ist gar kein Problem, Herr Thesos. Ich hatte Ihnen das ja bereits einmal angeboten, Sie können anschreiben lassen, wenn Sie möchten. Sie wissen, wie wir hier verfahren?«

Thesos schüttelte den Kopf.

»Das ist aber auch kein Problem. Wir bieten unseren Kunden eine Art von Kleinkredit an, der auf dem Prinzip der Organ- und Teilspende basiert. Manchen sagt das etwas, aber die meisten schauen so wie Sie jetzt. Der offene Betrag wird einfach umgemünzt und damit auch gleich auf den Stammtisch gelegt. Warten Sie kurz!«

Der Wirt zog den Rechnungsblock zu sich und murmelte leise vor sich hin, während er unterhalb des dreistelligen Rechnungsbetrages weitere Notizen auf das Papier kritzelte.

»So, der Fallenstellerstammtisch ist derzeit mit einem vollständigen Körper belastet. Wenn wir jetzt den letzten Stammtisch mit dazurechnen, dann kommt zu dem Gesamtpaket *Körper* ...«

Der Wirt überlegte.

»Noch ein Fuß. Ja, ein Fuß, aber inklusive Gelenk, versteht sich.«

Thesos schaute regungslos zum Wirt, der jetzt vermutlich mit der eingeschobenen Pause irgendetwas bezweckte, doch Thesos hatte jetzt keine Kraft mehr für große Taten oder Reaktionen. Er sparte Energie, um eventuell noch ein Wort einwerfen zu können, falls es nötig werden sollte.

»Gut, Herr Thesos, ich mache Ihnen ein Angebot, sind ja auch gerade erst neu hier, abgesehen davon, war der Alte auch nicht mehr wirklich gut in Schuss ... Sagen wir: alles zusammen ...«

Der Wirt ließ seinen Blick durch die Gaststätte schweifen.

»Also ich vergesse die letzte Rechnung, und der Stammtisch bleibt mit dem Gesamtpaket belastet, und ich erachte Ihre fehlende Linke als vollwertig vorhanden. Das geht natürlich auf meine Rechnung! Aber, Herr Thesos, ich warne Sie eindringlich: nur dieses eine Mal. Fühlen Sie sich belehrt! Ab jetzt tragen Sie für weitere Mutproben die vollen Kosten!«

Er hielt kurz inne.

»Sagen Sie, wie schaut es mit Ihrer Lunge aus? Ist die noch in Ordnung? Rauchen Sie?«

Thesos schüttelte den Kopf.

»Nicht mehr«, krächzte er.

»Der Alte zum Beispiel war Kettenraucher. So etwas vermindert den Wert natürlich ungemein, das können Sie sich gar nicht vorstellen! Aber nicht, dass Sie denken, ich würde Sie übers Ohr hauen. Ihre Lunge ist ja noch jung und ist ganz sicher mehr wert ... Dafür geht die nächste Runde aufs Haus«, schoss der Wirt noch schnell nach. »Ihre andere Hand sieht mir allerdings nach Eigenverschulden aus. Die kann ich Ihnen natürlich nicht als vollwertig anrechnen.«

Der Wirt griff wieder zu seinem Rechnungsblock, strich einige Zeilen komplett aus und fügte an unterster Stelle, alles nicht nachvollziehbar, eine Ergänzung ein.

Thesos griff zu dem restlichen halben Bier, leerte dieses mit einem langen Schluck, ohne wie beim ersten Mal etwas zu verschütten, was ihn irgendwie beruhigte, da ihm seine Lernfähigkeit offenbar doch noch nicht abhanden gekommen war. Anschließend stellte er das leere Glas fast fehlerfrei zurück.

»Sie sind mir jetzt noch eine intakte Hand schuldig … Zeigen Sie noch mal …«

Der Wirt griff seine Hand und zog sie ans Licht.

»Nein, die kann ich nicht anrechnen, das geht wirklich nicht. Ich hab das jetzt hier alles so aufgenommen, wie wir es eben besprochen haben, mit der Hand, mit dem Freibier.«

Er schob Thesos den Rechnungsblock wieder rüber.

»Sie müssen nur noch hier unterschreiben.«

Thesos nahm den Kugelschreiber und setzte, dem Daumen des Wirtes folgend, unter die markierte Stelle seine Unterschrift.

»Könnte ich dann gleich schon mein Bier bekommen?«

»Ihr Freibier? Aber sicher, Herr Thesos, kommt sofort! Ach so, mein Name ist Ferdinand Heigelst, ich finde nämlich, dass solche Höflichkeiten meist viel zu kurz kommen. Sie dürfen mich auch Ferdinand nennen. Vielleicht meinen Sie ja, das wäre verfrüht, doch glauben Sie mir, wir werden eine lange Zeit zusammen verbringen, denn man benötigt entweder eine gute Portion Hinterlist oder eine Menge Reichtum, um diesen Ort vorzeitig zu verlassen, und, Herr Thesos, seien Sie mir nicht bös, aber Sie haben weder das eine noch werden Sie jemals das andere hier finden. Hier unten ist noch keiner reich geworden!«

Es war kurz still. Thesos blickte auf den Ausgang und schnappte sich den Kamm, der noch immer neben seinem leeren Bierglas wartete.

»Sie können mich Konrad nennen«, sagte er, während er dem bereits abgewandten Wirt nachschaute.